标准诗丛

一沙一世界

伊沙集

1988~2015

作家出版社

一沙一世界

伊沙集

1988~2015

伊沙

原名吴文健。诗人、作家、批评家、翻译家、编选家。1966年生于四川成都。1989年毕业于北京师范大学中文系。现于西安外国语大学中文学院任教。出版著、译、编80余部作品。获美国亨利•鲁斯基金会中文诗歌奖金、韩国"亚洲诗人奖"以及中国国内数十项诗歌奖项。应邀出席瑞典第16届奈舍国际诗歌节、荷兰第38届鹿特丹国际诗歌节、英国第20届奥尔德堡国际诗歌节、马其顿第50届斯特鲁加国际诗歌节、中国第二、三、四、五届青海湖国际诗歌节、第二届澳门文学节、美国佛蒙特创作中心驻站作家、美国亚利桑那大学为其举办的朗诵会、奥地利两校一刊为其举办的朗诵会与研讨会等国际交流活动。

目录

第一卷　诗选

第二卷　长诗

第三卷 文选

第一卷

诗选

地拉那雪

地拉那洁白一片
地拉那冬夜没有街灯
地拉那女播音员用北京话报时
地拉那青年爱打篮球
可是你知道么
地拉那下雪了

那时你走在桥上
皮夹克捆着你宽宽的身量
那时你告诉一个女人
要去远方架线　马上出发
地拉那的女人也描眉
嚼口香糖含混不清地说话

地拉那的女人不会脱衣服
在房间里她端给你黑面包
你在看窗上的冰凌花
外面的球赛赛得很响
直到最后拉开了房门离去
屋里还充满她不温柔的呼吸

在地拉那的深雪里

你走完我看电影的那个晚上
那些七零八落的脚印呵
地拉那的街灯亮了
在最后一根电杆上你一动不动
黑熊般的人群和火把由小变大

没准儿你还活着
外国电影都没有尾巴
宿舍停电的夜晚
我给你打电话　遇上忙音
拿起当日的晚报
北京—地拉那电线断了

地拉那那场鹅毛雪还下吗还下吗

1988

去年冬天在拉萨

在八角街的一角碰见马原
就是那个留胡子的汉人那个弹子王
那是暴风雪来临前一小时
空气中有水的味道

马原将一个弹子打入洞中
我来他没有抬头
垂下蛙王般的大眼睛
手中的弹子散发着热烘烘的羊膻味
他清点它们
如同僧侣在抚弄念珠

轮到我了
我也玩得很好
马原的嘴笑成可怖的山洞
掏出羊膻味的人民币
请我吃奶茶

说起外面的事
情绪不是很高
那双蓝色的蛙眼
透着忧郁

眼角有奶酪般的眼屎

后来就下雪了
我们坐着
看人们在暴风雪中奔跑
然后消逝

后来呢？
后来就不下了
马原说：就这样

1988

车过黄河

列车正经过黄河
我正在厕所小便
我深知这不该
我应该坐在窗前
或站在车门旁边
左手叉腰
右手做眉檐
眺望　像个伟人
至少像个诗人
想点河上的事情
或历史的陈账
那时人们都在眺望
我在厕所里
时间很长
现在这时间属于我
我等了一天一夜
只一泡尿工夫
黄河已经流远

1988

江山美人

我总得拎点儿什么
才能去看你
在讲究平衡的年代
我的左手
是一条河流　一座高楼
一块被废弃的秤砣
在我的右手
美人　我不能真的一无所有
我一直纳闷
这样残破的江山
却天生你这尤物
我靠着大夏天
袒胸露肚
盯着一棵大树
我想吃上面的槐花
就得将它连根拔掉
我对工作不厌其烦
就算你偶尔走到我的身边
也只能看见
我的侧影
美人　你要认准我真的可爱
给不给　请早作打算

就算我大器晚成

也要你徐娘半老

说正经的给你

假如我拥有江山

也就拥有江山里的你

1989

9号

9号门上锈着一把黑锁

9号窗前飘着一件常年不收的胸衣

9号院内春天就有槐花的香气

9号在夜里传出一缕歌声

9号的狗在门洞中钻出钻进

9号的信在信箱里沉沉大睡

9号的草坪漫到柏油路上

9号的太阳起得晚睡得早

9号在风尘中褪去颜色

这个黄昏

9号响起敲门声

门下　站着一双雨鞋

1989

善良的愿望抑或倒放胶片的感觉

炮弹射进炮筒

字迹缩回笔尖

雪花飞离地面

白昼奔向太阳

河流流向源头

火车躲进隧洞

废墟站立成为大厦

机器分化成为零件

孩子爬进了娘胎

街上的行人少掉

落叶跳上枝头

自杀的少女跃上三楼

失踪者从寻人启事上跳下

伸向他人之手缩回口袋

新娘逃离洞房

成为初恋的少女

少年愈加天真

叼起比香烟粗壮的奶瓶

她也会回来

倒退着走路

回到我的小屋

我会逃离那冰冷

而陌生的车站
回到课堂上
红领巾回到脖子上
起立　上课
天天向上　好好学习

1989

写给香烟的一首赞美诗

我赞美香烟
赞美制作香烟的手指
我想象烟草的来历
在那黄金季节
黑奴般的人儿出没在阳光里
一辆破铁皮的卡车开向远方
烟囱喷吐着灰色的卷云
我所期待的香烟
就出自那里
它们在流水线上
像一粒粒整装待发的子弹
或一排排标准的白杨树干
但我不能如此比喻
我深知劳作的意义
一支好的香烟
都弥漫着浓重的汗味
每当我享用它们
看它们在短暂的时间
烧成灰烬
我都有着非凡的快意
因为我是深明来历的人

1989

恐怖的旧剧场

旧剧场是一片芜杂的荒草
疯长在我露天的记忆里
那是在不演电影的日子
坐在它的某排某座
盛传在那一年谣言里的那一个人
住在放映室的二楼上
舞台的帷幕动了起来
背后传来一声咳嗽
像一种无法预知的结局
我回过头来看见了什么
像一种无法预知的结局
背后传来一声咳嗽
舞台的帷幕动了起来
住在放映室的二楼上
盛传在那一年谣言里的那一个人
坐在它的某排某座
那是在不演电影的日子
疯长在我露天的记忆里
旧剧场是一片芜杂的荒草

1989

回故乡之路

回故乡之路
早已遗忘
我也忘却了
故乡的方向
是这样一个早晨
一匹在夜里梦见我的黑马
走进这座城市
停在我家门前
它望着我
伏身下去……

1989

口哨

姐姐　在麦地
和一个人睡觉

我手握弹弓
在树上放哨

妈妈没出现
我在吹口哨

我的口哨……

很多年　姐姐
一听到这口哨

就哭！就哭！

1990

饿死诗人

那样轻松的　你们

开始复述农业

耕作的事宜以及

春来秋去

挥汗如雨　收获麦子

你们以为麦粒就是你们

为女人迸溅的泪滴吗

麦芒就像你们贴在腮帮上的

猪鬃般柔软吗

你们拥挤在流浪之路上的那一年

北方的麦子自个儿长大了

它们挥舞着一弯弯

阳光之镰

割断麦秆　自己的脖子

割断与土地最后的联系

成全了你们

诗人们已经吃饱了

一望无际的麦田

在他们腹中香气弥漫

城市最伟大的懒汉

做了诗歌中光荣的农夫

麦子　以阳光和雨水的名义

我呼吁：饿死他们

狗日的诗人

首先饿死我

一个用墨水污染土地的帮凶

一个艺术世界的杂种

1990

最后的长安人

牙医无法修补
我满嘴的虫牙
因为城堞
无法修补

我袒露胸脯
摸自己的肋骨
城砖历历可数

季节的风
也吹不走我眼中
灰白的秋天
几千年

外省外国的游客
指着我的头说：
  瞧这个秦俑
  还他妈有口活气！

1990

事实上

资产阶级
用
裹着糖衣的
炮弹
将我们
打翻
这是论断

事实上
无产者也不是
可欺的
儿童

我们趴在
巨大的
糖弹之上
吃
厚厚的糖衣
将他们
全都吃光
然后四散
逃走

然后
远远望着
赤身裸体
婴儿般
天真的炸弹

听个响儿

1990

假肢工厂

儿时的朋友陈向东
如今在假肢厂干活
意外接到他的电话
约我前去相见
在厂门口　看见他
一如从前的笑脸
但放大了几倍
走路似乎有点异样
我伸出手去
撩他的裤管
他笑了：是真的
一起向前走
才想起握手
他在我手上捏了捏
完好如初
一切完好如初
我们哈哈大乐

1990

废品店

废品店的生铁
沉默地瞅着四周
刚刚被卖掉
经一个小崽子之手
被廉价地出卖
比人的骨骼还要坚硬的
生铁　咽不下这口气啊
今晚　仓库顶上的月亮很高
他还没有学会逃跑
只有沉默地等待
进一步地出卖
或者熔炉
或者有贼闪现
而此刻他已行动
一截生铁渴望像一条蛇
那样爬行
他艰难地爬向路口
当看仓库的老头出现时
他要疯狂地扑上去
像蛇扑向
冬天的捕蛇者

1990

温柔的草原

草原上最后一天
太阳　月牙般
弯弯

一头母鹿
是草原的女儿
待嫁的母鹿
这一天的公主

在更远的高处
雄狮倒卧　一头
发烧的雄狮
眼中有
无尽的缠绵——

"母鹿母鹿我不摸你
今天我怕烫伤了你"

1991

结结巴巴

结结巴巴我的嘴
二二二等残废
咬不住我狂狂狂奔的思维
还有我的腿

你们四处流流流淌的口水
散着霉味
我我我的肺
多么劳累

我要突突突围
你们莫莫莫名其妙
的节奏
亟待突围

我我我的
我的机枪点点点射般
的语言
充满快慰

结结巴巴我的命
我的命里没没没有鬼

你们瞧瞧瞧我

一脸无所谓

1991

致命的错别字

我看见鹿群狂奔
如丧家之犬
西沉太阳突然停顿
云彩坠落
一记山盟海誓的怒吼
来自河的对岸
草原深处
大地中央
在小鹿颤抖的目光上
一头虱子金发飘扬
兽中之王正在起床
随便打了一个哈欠

1991

乡村摇滚

一张张人脸
凑近了马槽
我看见它们嘴上正被咀嚼的干草

打谷场上嫂子
剥去我的裤子
一泡童子尿是一支丰收的歌谣

嘘！麦垛里有人
明月普照草的城堡
两个梦见天堂的人儿在睡觉

我继续胡闹
在河里摸鱼
在天上飞行并且调戏了一只鸟

怕鬼的爹爹快回家
今晚没你事儿啦
俺要和造反的鬼儿们一起打天下

1991

实录：非洲食葬仪式上的挽歌部分

哩哩哩哩哩哩哩
以吾腹作汝棺兮
哩哩哩哩哩哩哩
在吾体汝再生

哩哩哩哩哩哩哩
以汝肉作吾餐兮
哩哩哩哩哩哩哩
佑吾部之长存

哩哩哩哩哩哩哩
汝死之大悲恸兮
哩哩哩哩哩哩哩
吾泪流之涟涟

哩哩哩哩哩哩哩
汝肉味之甘美兮
哩哩哩哩哩哩哩
吾食自则快哉

哩哩哩哩哩哩哩

1991

梅花：一首失败的抒情诗

我也操着娘娘腔
写一首抒情诗啊
就写那冬天不要命的梅花吧

想象力不发达
就得学会观察
裹紧大衣到户外
我发现：梅花开在梅树上
丑陋不堪的老树
没法入诗　那么
诗人的梅
全开在空中
怀着深深的疑虑
闷头朝前走
其实我也是装模作样
此诗已写到该升华的关头
像所有不要脸的诗人那样
我伸出了一只手

梅花　梅花
啐我一脸梅毒

1991

老狐狸

（说明：欲读本诗的朋友请备好显影液在以上空白之处涂抹一至两遍《老狐狸》即可原形毕露。）

1991

名片

你是某某人的女婿
我是我自个儿的爹

1991

尿床

把尿床的习惯
坚守二十年

妈妈
屋顶漏雨啦
也坚守这
可恕的谎言

母亲
为何我尿欲无穷
您吞吐江河的儿子
尿欲无穷

您搭在太阳光线上的
床单记录着
我为地球所设计的
最合理的版图

平息所有的
吵闹和战火
最后一张
是小小的祖国

1991

星期天夜间的事件

此刻的上帝
抱着他优美的大脚丫
在剪趾甲
此刻在天堂之下
我已酣然睡去
哦！上帝
为人类的拯救操劳
只是比我睡眠更少
今天他休假
抱着大脚丫剪趾甲
剪掉的趾甲
月牙般纷纷落下
一枚巨大的弹片
穿透了我的屋顶
此刻在天堂之下
遭劫的房屋
另有九处

1991

反动十四行

在这晌午　阳光底下的大白天
我忽然有一肚子的酸水要往外倒
比泻肚还急　来势汹汹　慌不择手
敲开神圣的诗歌之门　十四行

是一个便盆　精致　大小合适
正可以哭诉　鼻涕比眼泪多得多
少女　鲜花　死亡　面目全非的神灵
我是否一定要倾心此类

一个糙老爷们的浪漫情怀
造就偶尔的篇章　俗不可读　君子不齿
或不同凡响　它就是表现如何的糙

进入尾声　像一个真正的内行　我也知道
要运足气力　丹田之气　吃下两个馒头
上了一回厕所　不得了　过了　过了
我一口气把十四行诗写到了第十五行

1992

阳痿患者的回忆

她在交媾中的习惯
造成了我的软
她在交媾中的习惯
石破天惊
这要命的女人
我未能看清她的脸
凌乱的衣衫搭在椅背上
她在高潮中的一声喊
喊着元首的名字
显得异常快感
这尖锐的一喊
造成了我的软
我不是犹太人
但有着人类的软

1992

诺贝尔奖：永恒的答谢辞

我不拒绝　我当然要
接受这笔卖炸药的钱
我要把它全买成炸药
尊敬的女士们先生们
尊敬的瑞典国王陛下
请你们准备好
请你们一齐——
　　　　　　　　卧倒！

1992

法拉奇如是说

人类尊严最美妙的时刻
仍然是我所见到的最简单的情景
它不是一座雕像
也不是一面旗帜
是我们高高撅起的臀部
制造的声音
意思是："不!"

1992

没事儿

没事儿
没事儿之人站在风里
愣是没事儿
卸掉下巴
卸掉左膀右臂
卸掉大腿不容易
他在努力
把自己大卸八块的感觉
说不出来
在说不出来的感觉里
在风里
没事儿之人有事可干了
他在努力

1992

命名：日

太阳升起来

那男孩跑向天边外

一路笑着　他的笑声

响彻了这个早晨

晨风吹着

太阳升得更高

那男孩手指太阳

给我们布道

"这是——日

日你妈的'日'"

他的声音

响彻了这个早晨

令我这跑来命名的诗人

羞惭一生

1992

包茎人生

作为一名
不受重用的外科医生
我每日要完成一百例
割包皮的手术就是说
我每日要面对一百位
楚楚可怜的包茎
噢！这么多的包茎
噢！这么多的包茎
如同一把把
无用武之地的匕首
干等在刀鞘里
抑或一排排
顶着钢盔的和尚头
如同我们大伙的人生
这是诗人的想法
作为医生
我早已麻木不仁
操一把真刀干个不停
最简单的工程
一刀解决一位
只是每日下班前
我把一桶桶包皮倒掉

然后洗手

真他妈幸福

你从我领取工钱时的微笑中

即可看出

1992

老张

老张的生涯引人遐想
太平间的守护者
是否空度时光

除了老酒和蚕豆
福尔马林的气味
香水般刺激着老张
情欲无边　何处是岸
老张不老　金枪不倒
棒槌比小伙还要坚强

没有人目击老张
与女尸做爱的景象
那幕悲怆的人间喜剧
差点叫我背过气去

犯着谁了？活人们
他一生热爱尸体　相依为伴
心中充满爱情　要的不多
一条不暖和的阴道
令他晚节不保

先进工作者老张
奖状糊满他的墙
奸尸犯老张
我们的好邻居
当警车把老头带走
众尸起舞为他开道

1993

诗意的发现

我来到阔别三年的墓园
发现我拜谒的墓碑
已不在老地方　诗意的发现
我是说灵魂在前进
每天每一寸

1993

飞

一个吸毒者
死了
他在停止吸毒的
第四天
死在戒毒所里
他的亲人
说不出的轻松
解脱了
我
是他的朋友
正在街上走
猛抬头
我看见了他
横空出世
就像电影中的超人
在天上飞

1993

旅馆

我醒来的时候
我的香烟
在她手上
姿势优美地燃着

这个早晨
我醒来又睡去
仿佛战场上的幸存者
那么幸福

1993

当年的情书残片

1. 咱们是
   同一战壕里的战友
   我亲爱的女同志

2. 在祖国上下一派
   莺歌燕舞的大好形势下
   你的江山如此多娇
   引无数英雄竞折腰

3. 我怀着朴素的阶级感情
   怀揣一颗红亮的心
   想与你交流交流思想

4. 向毛主席保证
   我爱你海枯石烂心不变
   比爱毛主席还要爱你

5. 东风吹着你的小辫儿
   你红扑扑的小脸
   比红旗还鲜艳

6. 我心中潮水般汹涌

翻腾着一股小资情调
我已经等不及了

7. 亲爱的女同志
我想犯回错误
就一次

8. 此致
无产阶级文化大革命的
崇高敬礼

1993

石榴之诗

水果的意义

在于

吃

石榴

并不好吃

太多的核

需要

不住地吐

麻烦

吃不到什么

仿佛

一块肉里

净是骨头

这就是被艺术大师

称道的石榴

所谓"细密的结构"

1993

禅意顿生

一只水墨的鸟落在宣纸之上
是一只大概的鸟

画家愁眉不展　脱去西装
换上一件长衫

整个上午　费尽心机　怎样
使这幅画生发一点禅意

我　偶然的闯入者　大大
咧咧　莽撞地触到他的手

饱蘸墨汁的笔被触动了
掉下几颗黑色的泪珠　正好

落在鸟儿臀部的下方　形同
鸟屎　对不住实在对不住

如何是好？解铃还需系铃人
我建议说：在鸟屎落下的正方……

画家听从了我的建议　画了

一只秃瓢——和尚的秃瓢

禅意顿生！禅意顿生！画家
兴奋地搓着手　在室外来回地走

1994

中国朋克

那绝对是摇滚的场面

三十年前
我的祖父被红卫兵小将
强行剃成

一种奇特的发型
不阴不阳不人不鬼
颇似今天流行的那种

中国朋克：三十年前

1994

悟性

这个世界是好玩的
这个世界总他妈玩我才使我觉得它好玩

1994

请克林顿总统选择填空

有USA标记的飞机在天空中飞行
它所投下的物体（ ）降落在
内战四起烽火连天的巴尔干
如何解决前南斯拉夫问题
请总统选择以下答案——

(1)炸药 (2)食品 (3)独裁者铁托

1994

命运

我早已看破人类的命运
那是一个旭日东升的早晨
在儿童公园的旋转木马上
那个裹在襁褓中的弃婴
小脸绽放出茫然无知的表情

1994

导言

"诸位身处一个伟大的时代
有很多机会把你们等待
尤其是在这座著名的旅游城市"

在日语系某班的课堂上
我的开场白只能这样

"假如你面对的是三七年或四二年
我们的城市会到处飘着太阳旗
会有更多的机会等着你们"

我瞧着下面迷惘的女生
和男生架着圆眼镜的小白脸

"生存还是毁灭
事情不那么简单
诸位离汉奸只有一步之远"

1995

我终于理解了你的拒绝

一个女人满城找你
这是多么好的事
却令你恐慌
四处躲藏
表现极度反常
可怜的哥们儿
我终于理解了
你的拒绝
那是后来
当我在大街上
看到你被追逐
狼奔豕突
追你的女人
敞着怀要给你哺乳

1995

回答母亲

和母亲坐在一起
看电视　这种景象
已经很少见了

电视里正在演一位
英雄　在一场火灾中
脸被烧得不成样子

母亲告诫我
"遇到这样的事
你千万不要管……"

久久望着母亲
说不出话　这种景象
也已经很少见了

母亲早已忘记了　曾经
她是怎么教育我的
怎么把我教育成人的

"妈妈放心吧
甭说火灾啦

自个儿着了我也懒得去救"

这样的回答该让她
感到满意　看完这个节目
她就忙着给我炖排骨汤去了

1995

每天的菜市场

我悠然
出现在
菜市场的人丛中

这是每天的情景
生活的具体
内容

我已掌握
讨价还价的伎俩
和小摊贩周旋

那是和劳动人民
打成一片
君子动口不动手

我脸红脖子粗地
与人吵架
有时也当看客

渐渐地
便熟悉了市场

我发现卖菜的

最怕收税的
而收税的在与
卖菜的和卖肉的

打交道时
态度不尽相同
这是为什么

这是人性的
太人性的
卖肉的手里握刀

1995

警示录：一部黑白电影的分镜头叙述

特写：一张少女的脸庞
　　　那灿烂的脸上
　　　她的嘴在欢呼
　　　喜极而泣
中景：十个或更多的
　　　少女在欢呼
　　　纤长的手臂举起
　　　伸向某个方向
远景：更多更多的
　　　少女构成一片
　　　欢腾的海洋
　　　海浪朝着一个人
　　　激荡
特写：小胡子
　　　左分头
　　　阿道夫·希特勒
　　　此刻的表情
　　　像一名
　　　正在发功的气功大师

1995

在精神病院等人

坐在精神病院
草坪前的一张长椅上
我等人

我是陪一个朋友来的
他进了那栋白楼
去探视他的朋友

我等他
周围是几个斑马似的病人
他们各自为政

在干着什么
我有点儿发虚
沉不住气

我也得干点儿什么啊
以向他们表明
我无意脱离群众不是一小撮

1995

等待戈多

实验剧团的
小剧场

正在上演
《等待戈多》

老掉牙的剧目
观众不多

左等右等
戈多不来

知道他不来
没人真在等

有人开始犯困
可正在这时

在《等待戈多》的尾声
有人冲上了台

出乎了"出乎意料"

实在令人振奋

此来者不善
乃剧场看门老头的傻公子

拦都拦不住
窜至舞台中央

喊着叔叔
哭着要糖

"戈多来了!"
全体起立热烈鼓掌

1995

伤口之歌

我对伤口的恐惧
　　　是发现它
　　　　　像嘴
　　　　　吐血

我对伤口更深的恐惧
　　　是露骨的伤口
　　　　　龇出了
　　　　　　它的牙

我的周身伤口遍布
　　　发出了笑声
　　　　　唱出了歌

1995

20世纪的开始

一只孩子的

冻皴的

小手

将一块

老旧的

金壳怀表

置于当铺的

桌面

在大雪纷飞的

冬天午夜

三秒钟后

它被拿走

被一只

瘦骨嶙峋的

大手

那精准的怀表

指针转眼

跳过的

三秒钟

这个过程

是一个结束

和一个开始

1995

神已来到我的房间

我听到了一丝响动
神已来到我的房间
四处寻他不见
我的神圣感
有点不耐烦
这是大白天
厕所里的灯大亮
成全了我的发现
那神端坐于马桶之上
挺舒服的模样
不舒服的是我这人

1995

司机的道理

在一辆出租汽车上
司机跟我讲起
他与交通警察的关系
就是鱼和水的那种

"鱼儿离不开水哟"
他还唱了那么
一句

这番道理
我不是头回听说
但此次感受颇为不同
此次是由鱼儿
自己说出

坐在后排
我看不见司机的脸
只在后视镜里
看见一条鱼
鼓着腮

一串接一串的水泡

冒了出来

1996

大唐的余光

在长安　粉巷
二层的木楼上
从一个妓女的眼中
望出去　一个日本来的
和尚叫人感到不可思议
他目不斜视地穿过闹市
不嫖　不赌　不闻丝竹
住在一间租来的木屋里
深居简出　玩命抄写
那没完没了的经卷
偶尔与人交谈
也像是在打探
从一个妓女的眼中
望出去　此人的气质
不像和尚像个武士

1996

儿子的孤独

半岁的儿子
第一次在大立柜的镜中看见自己
以为是另一个人

一个和他一样高的小人儿
站在他对面
这番景象叫我乐了　仿佛
我有两个儿子——孪生的哥俩

两个小人儿一起跳舞
同声咿呀　然后
伸出各自的小手
相互击掌　一言为定

我儿子的孤独
普天下独生子的孤独
差不多就是全人类的孤独

1996

选手

第一次
有这么多人
站在我的一边

应该说
是整个地球
为我加油

第一次
我被感动得
涕泗交流

我已经
吃不住劲了
可仍在坚持

在这场
与外星人掰手腕的
无聊游戏里

1996

诗意的窃听

方糖状的窃听器
被放置在你的咖啡杯里

窃听者——那个玩此小把戏的人
听到了龙王在海上啜饮海水的声音

1996

伪瘸

佯装瘸子的人
是思想者

他在想
人是无聊的

佯装瘸子的人
是观察者

他要看
人的无聊表现

在一个瘸子身上的流露
他要体验

佯装瘸子的人
是无聊的

没人注意他
也就不装了

一个孩子

目击了这一幕

说：妈妈
一个瘸子的腿好了

佯装瘸子的人
是该死的

当一辆疾驰的卡车
突然拐弯

出现在他面前
他犹豫了——

不知用瘸还是不瘸的
迈步闪躲

1996

性爱教育

那是我们不多的
出门旅行中的一次
九年前　在青岛
那是属于爱情的夏天
海滩上的砂器和字迹
小饭馆里的鲜贝
非常便宜　记得
我们是住在一所
学校里　在夏季
它临时改成了旅店
那是我们共同的
爱看电影的夏天
一个晚上　我们
在录像厅里
坐到了天亮
一部介绍鱼类的片子
吸引了我们
使我们感到
震惊无比
那种鱼叫三文鱼
一种以一次
酣畅淋漓的交媾

为生命终结的

美艳之鱼

九年了

我们没有记住

它的美丽

只是难以忘记

这种残酷的结局

1997

性与诗

女人
你不能这样要求我
在达到高潮之后
再挑剔过程中的我
如何不懂温柔

女人或读者
我是另一种
窗外走过一群
女权主义者
她们喊出的口号
颇对我的胃口

"我要性高潮!
不要性骚扰!"

——对诗的
正当要求
亦当如是

1997

厄运尽头

这辈子

他总栽跟头

一个跟头

栽于1957

栽得真狠

从此

他就不再是人

跟头与之有缘

也不是所有跟头

摔出的都是厄运

1976他被释放

自新疆返回故乡

7·28凌晨

风尘仆仆

一步跨出火车站

又栽了个大跟头

妈妈的

他骂骂咧咧

爬将起来

可就是无法站稳

他愉快地

发现此次

栽了跟头的
不只是他
也不只是人
蓝光闪过
地动楼毁
他明白了
故乡唐山
发生了地震

1997

一年记住一张脸

那人用獐头鼠目
来形容最为恰当
也最为简便
可这多少显得有点
不负责任
说了等于白说
因为你仍不晓得
他究竟长得如何
无论如何
过去的一年
在所有陌生人中
我只记住了这张脸
带着菜色　一张普通的
殡葬厂炉前工的脸
那一天　我推着
母亲的遗体向前
他挡住我的去路说
"给我，没你事儿了"
我把事先备好的一盒
三五塞给他
他毫无反应地收下

掉头推车而去

那个送走母亲的人

1998

在发廊里

他把手
伸向洗头妹身后
那手熟练地摸向
洗头妹的屁股
我全看见了
邻座的我
可以接受
这人性的小动作
但我无法容忍
他在镜中
那副做鬼的表情

1998

老婆的褒奖

你说你很高兴
这么多年
艰难时世
我终于没有去做
对我来说
最容易做的一种人

我放下手中的活计
抬起头来
认真地问你
"什么人?"

"邪教教主"
你一脸平静地作答
然后去了厨房
"早点休息
今天晚饭吃鱼"

1998

生活的常识

在夏季
热浪滔天的路上

一个少女
单腿跳着手捂耳朵

这个动作有点奇怪
在她身上是一种美

奇怪和所谓美
人们得到了

他们所要的感受
但并不关心

这一动作的
产生与由来

而我知道
我掌握那样的常识

在我童年

从游泳池回家的路上

同样一个动作
帮我清出了存留在

耳朵眼里的残水
热热地流出来

我又听到周围的世界了
就像眼前这位少女

此刻她的心情
一定非常不错

单腿跳着手捂耳朵
在夏季热浪滔天的路上

如此生活的常识
让我进入了本质的诗

1998

张常氏，你的保姆

我在一所外语学院任教
这你是知道的
我在我工作的地方
从不向教授们低头
这你也是知道的
我曾向一位老保姆致敬
闻名全校的张常氏
在我眼里
是一名真正的教授
系陕西省蓝田县下归乡农民
我一位同事的母亲
她的成就是
把一名美国专家的孩子
带了四年
并命名为狗蛋
那个金发碧眼
一把鼻涕的崽子
随其母离开中国时
满口地道秦腔
满脸中国农民式的
朴实与狡黠
真是可爱极了

1998

某日经过广场

一股臭咸鱼的味道袭来
说明我已开始进入广场
全市最大的水产市场
在它的南端
所以它经年
都被这种不良气味笼罩
东侧是科技馆
我从未进去过
不知道里面有什么
而西侧是少年宫
初三那年我一个人
偷偷溜进去
去看人体奥秘的展览
我在一副女性生殖系统的
模具前站了很久
最终还是没有看透
现在我已到了广场的北端
也就是人们所说的正面
我在双层巴士的窗口
把一切看得都很清楚
北面的省府大楼
还算雄伟庄严
我老婆曾在上面混过

嫌钱少得可怜

广场——草坪和水泥方砖

相间的广场上正在降旗

旗子降至一半

像下半旗

二十二年前的九月

我们曾在这里追悼过

刚刚辞世的前领袖

年少的脸和红领巾

被冰凉的秋雨打湿

白发苍苍的老校长

站在凄风苦雨中嚎哭

"中国向何处去?"

当时的情景历历在目

现在我看到围观的人群

在夕阳的光照下

像一堆橘子

我还看到有两个人

已经脱队

是两名成年男子

手牵着手

向广场的东侧跑去

车子向西开远

我没有看清

他们究竟是去了哪里

1998

细节的力量

她记住了那个吻

不是因为
此番唇舌间的运动
有什么特殊感觉
只是作为另一个
当事者的他
在完事之后
用手背
抹了抹嘴唇

像是餐后

1998

爱人

你说你真想到
我回母校朗诵的那个晚上去
作为现场聆听的女生重新爱上我
你说不可能是别人了
也不可能有第二个
会爱一个疯子的激情
和一个小丑的美学
你说　我侧过脸去
很多年过去了
我并不悲哀地承认
你说的基本属实

1999

童年的渴意

露天的水龙头

我探着身子

伸长脖子歪着头

去解决一点

童年的渴意

水哗啦啦淌下来

那一瞬间

我喝到了水

舒服了嘴

那一瞬间

我看到风景

看到人

看到

眼前的世界

不是倒的

当然

也不是正的

而是横的

1999

一次性触球

很多年前
一位足球教练
（其实也就是
一位中学体育教师）
告诉我关于
一次性触球的理论
他说要让接球
与传球成为
同一动作
一个
最合理的动作
尽量省去
带球的过程
更不要粘球
后来的话
他是站起来讲的
他的声音
响彻了那所
中学的足球场
他说：你的目的
是要用最少的动作
即最短的时间

把球送到对方

最危险的地带去

后来

我没有像他

期待的那般

吃上足球这碗饭

但他的理论

肯定与我的写作

相关

1999

中国底层

辫子应约来到工棚
他说:"小保你有烟抽了?"

那盒烟也是偷来的
和棚顶上一把六四式手枪

小保在床上坐着
他的腿在干这件活儿逃跑时摔断了

小保想卖了那枪
然后去医院把自己的断腿接上

辫子坚决不让
"小保,这可是要掉脑袋的!"

小保哭了
越哭越凶:"看我可怜的!"

他说:"我都两天没吃饭了
你忍心让我腿一直断着?"

辫子也哭了

他一抹眼泪："看咱可怜的！"

辫子决定帮助小保卖枪
经他介绍把枪卖给了一个姓董的

以上所述是震惊全国的
西安12·1枪杀大案的开始

这样的夜晚别人都关心大案
我只关心辫子和小保

这些来自中国底层无望的孩子
让我这人民的诗人受不了

1999

灵魂的样子

你是否见过我灵魂的样子
和我长得并不完全一样
你见过它　有点像猪
更像个四不像
你是否触摸过它
感受过它的肌体
我的灵魂是长了汗毛的
毛孔粗大　并不光滑
你继续摸下去
惊叫着发现它还长着
一具粗壮的生殖器

1999

地球的额际

一堆胖女人笨拙而性感的舞蹈
一个孩子在祈祷　这里是环礁岛
而在千年岛　一只船载着火把
正驶离岸　在土著们的咒骂声中
一个黑人吹响了千年海螺
在巴勒尼群岛的海滩
天空中有阴云密布　景色苍茫
一只海鸟在飞
第一缕曙光照耀着基里巴斯
但阳光没有　被云层阻隔
新千年的第一缕阳光西移
照在新西兰查塔姆群岛的
奥喀罗湾　一个白发老头
领着孩子　高声赞颂
毛利人正用欲飞之姿
装扮成鸟
呼唤太阳升起
而太阳正在升起
新千年太阳的初吻
轻落在地球的额际

2000

血液净化中心

一座单独的小楼
像一张嘴的形状

我知道命在这里
是可以用钱买到的

我的母亲拒绝了
这项交易

作为尿毒症患者
她拒绝透析

拒绝自己的血
在此得到净化

她的信念
朴素而又简单

她说早晚都是一死
她不希望在她死后

父亲变成一个

一贫如洗的穷老头

而我身为儿子的痛苦在于
就算我拼命挣钱

也喂不饱这张
能吐出命来的嘴

2000

生活者

我现在终于拥有了
我过去想要的生活
朋友从不贪多
情人可有可无
敌人遍布天下

2000

鸽子

在我平视的远景里
一只白色的鸽子
穿过冲天大火
继续在飞
飞成一只黑鸟
也许只是它的影子
它的灵魂
在飞　也许灰烬
也会保持鸽子的形状
依旧高飞

2000

原则

我身上携带着精神、信仰、灵魂
思想、欲望、怪癖、邪念、狐臭

它们寄生于我身体的家
我必须平等对待我的每一位客人

2000

从立正的姿势往下看
我看穿了自己的一生

小腹隆起
一把肉
我看不见
自己的毛了
我没毛了

小腹隆起
两把肉
我看不见
自己的鸟了
我没鸟了

小腹隆起
三把肉
我看不见
自己的炮了
我没炮了

小腹瘪去
一层皮
我看不见

什么了

我没什么了

2000

在比瞬间长久的时间中

驱车在高速公路上前行
沿途是田野、村庄
城镇和厂房
突然出现一座
尖顶的教堂时
你叫了起来
然后沉默
同车的人
没有一个相信你
这会儿进入的是
一片肃穆
而那肃穆带来的
是你需要静静
享受的快乐
快乐
在比瞬间
长久的时间中

2000

祖母的存在

听母亲讲
我是祖母最宠爱的人
我不记得了
什么都不记得了
只是看母亲
爱她孙子的样子
我相信
世界上也曾有过
一个这么爱我的人
一种特殊的老女人的爱
祖母的存在
对我来说
只要母亲对某事有着
某种不祥的预感时
她就把我
拉到祖母像前
让我对祖母说话
我便应付差事地
扯起难听的公鸭嗓子
大声说：奶奶
保佑全家平安
每回都很灵验

母亲总结说：奶奶
总是很听你的话
总是在天上
保佑我们全家

2000

灵山岛

有座灵山
在岛中间
上下是海天一色的蓝
太多的蓝
我们站在山顶
然后环岛而行
用句俗话说
那叫步入仙境
那时少年轻狂的我
满嘴的学生腔
我对你说：如果
我设想的人生
最终失败了
我就上这儿来
度过余生
你笑了
什么也没说
唉！那年夏天
二十二岁的我
无法设想
十年后的我
已做了十年的失败者

安心地做

也没想过去哪儿

也是在十年后的这一年

他已作出决定

做一个彻头彻尾的失败者

关于那次旅行

关于美丽的灵山岛

他现在回想起来

只是有些遗憾

为什么不做爱呢

在仙境里

和你做

更多的爱

2000

黑白胶片的下午

鲍勃·迪伦出现在
电影金球奖的颁奖典礼上

就是这么一件事
构成了我在这个下午的诗

所有的废话都不用说了
他是在哪儿出现也并不重要

关键是在这个黑白胶片的下午
我见到了一个彩色的鲍勃·迪伦

2001

大时代的风景

紧紧裤带
朝手心吐口唾沫
沿着童年的一棵老树
一直往上爬

枝繁叶茂
树干硕大
金属片闪亮
因为有阳光
那是一个高音喇叭
挂在秘密鸟巢的边缘

那一次
你见证了时代的腋窝
时代的肺
你想看到更好玩的
风景若干
比如三楼的某户人家
破鞋高悬
还得等到下一次

2001

诞生的秘密

小时候我问父亲
"爸爸
我是怎么来的"
父亲回答说
"我吐了一口痰"
我记住了他的话
记住了这个有关
诞生的秘密

后来是儿子问我
"爸爸
我是怎么来的"
我也回答说
"我吐了一口痰"
我想起父亲的话
想起当年的他
不曾糊弄我

可是我的儿子
没有当年的我
那么朴实
听完我的解释

他立刻跳了起来
大着嗓门嚷嚷
"我们老师说了
不许随地吐痰!"

2001

有一年我在杨家村夜市的烤肉摊上
看见一个闲人在批评教育他的女人

你是不是看上那个小白脸了啪一耳光

你要是看上他了你就跟我说啪一耳光

你要是看上他了你就跟他走啪一耳光

哭啥呢哭啥呢我好好跟你说话呢啪一耳光

他要是敢欺负你你就来跟我说啪一耳光

是不是占了咱便宜现在又不要咱了啪一耳光

那你去把他叫来我只要他一块肉烤了下酒啪一耳光

啥你说啥对不起我你没啥对不起我啪一耳光

你跟个穷学生要是没钱了回我这儿拿啪一耳光

你跟他走过不惯再回来咱们接着过啪一耳光

不是不是那你哭啥呢跟他好好过日子去呗啪一耳光

反正你走到哪儿都是我的人儿啪一耳光

哭啥呢哭啥呢你是我的人儿我才打你啪一耳光

滚吧滚吧今儿晚上你就跟他睡去吧啪一耳光

他那老二咋样你明儿一早来跟我汇报一下我还就是不信这帮小白脸了
　啪一耳光

啥不让我找别的女人你管得着吗你以为你是个什么东西今儿晚上我就
　找仨啪一耳光

嗨吃烤肉的胖子你看啥呢我教育我女人你看啥呢啪一耳光

2001

父亲一生的真情告白

起初我并没有爱上你的母亲

她对所有人都好

一只善良的羔羊

周围全是虎狼

我怕她被他们吃掉

预感到我不出马

她在这世上的日子

就不会很多

我开始夜夜操心此事

直至挺身而出

那是广播里播送着

暴风雪的消息

一个疯子在河岸上裸奔

"运动来了！运动来了！"

他嘴里这样喊着

提醒我立即行动

着手解决

赶在风暴来临之前

把你的妈娶回咱家

2001

9·11心理报告

第1秒钟目瞪口呆

第2秒钟呆若木鸡

第3秒钟将信将疑

第4秒钟确信无疑

第5秒钟隔岸观火

第6秒钟幸灾乐祸

第7秒钟口称复仇

第8秒钟崇拜歹徒

第9秒钟感叹信仰

第10秒钟猛然记起

我的胞妹

就住在纽约

急拨电话

要国际长途

未通

扑向电脑

上网

发伊妹儿

敲字

手指发抖

"妹子，妹子

你还活着吗？

老哥快要急死了！"

2001

非关红颜也无关知己

亲爱的
亲爱的
亲爱的
为什么
别人只见我
体内的娼馆
而你总能发现
我灵魂的寺院
并且
听到钟声

2001

红色中国的回忆

当运送肉食品的冷冻车
外观仿佛灵车
在人群稀少的大街上
徐徐驶过时
每一个街角
都蹲着一个大脑袋的少年
默默地咽下一口唾沫

2001

森林里的寓言与诗有关

猎人。游客。狮子

猎人在森林里
寻着蛛丝马迹
还有那股骚气
找到了狐狸

游客沿着
猎人的足迹
就是见不到
一只狐狸

狮子来了
大腹便便的懒家伙
什么也不找
狐狸在它肚子里

狐狸！狐狸！狐狸！

2001

父子悲哀

这是新年
新年里的头一天
老朋友烦见面
意外之人
也没出现
索性带着儿子
去他最爱的肯德基
等餐之时
我们在空旷的前厅
用吸管作击剑
他总是被我刺中
哈哈倒地
从头再来
儿子
你的悲哀在于
你忽然发现
最佳玩伴
是自个儿父亲
但这样的时刻
幸福的时刻
总是很少
而我的悲哀

更进一步
最佳玩伴
不会是你
但离了你
罩不住你
我和谁
都不能玩好

2002

饺子

大年三十那天
他和父亲埋头在地里
干了一整天的活儿
所以他在往家走的途中
记准了蛇年
最后一轮夕阳的模样
回到家中
母亲端上了
热气腾腾的饺子
吃过之后他就睡了
因为第二天
他和父亲还得下地干活
必须这样做
因为他每年的学费
就是（也只能）
从地里刨出来

一位来自
乡村的大学生
在我的课堂上
做口头表达的练习时
向大家讲述

他如何过年
在五分钟的过程里
他叙述平稳
语调冷漠
只是在说到
饺子一词时
才面露微笑

2002

性感诗评

总之这首诗

写得非常阿富汗

主题十分塔利班

手段有点本·拉登

语言的质地

像炸过十遍的焦土

作者的控制力

像遍地都响的地雷

结构像灰飞烟灭的

基地组织

速度像坎大哈城外

公路上的汽车

意图毕露

好似耗子们藏匿的山洞

在这样的一首诗中

大佛被炸

电视被埋

不戴面纱的

妇女被杀

人性和文明

惨遭践踏

总之这首诗
写得非常阿富汗

2002

行刑

宰了
爱我的两个女人
还不算够狠
关键在于
我采用的形式
是让她们下油锅

油锅滚沸
她们扑腾着
那变成骷髅以前的脸
那快要没有的嘴
还在大叫着
我的名字

听完我站着成灰

2002

妻在酒吧

妻在酒吧里的样子

显得有点局促

令我心痛

扳起指头算算

我竟是头一回

和她一起来到

这种地方

与我同行

把穷日子过到头

似乎也不是为了

通向这里

那份局促

只是因为

和我一起

作为一个女人

她竟能在此处

再度赢得我这

男人的欣赏

她在一支香烟

和一杯啤酒面前

所表现出的无限优雅

走前买单时

那舍我其谁

永远替我做主的

无意洒脱

令我陌生而又熟悉

备感欣慰

2002

实在的虚无

我不知道
童年往事中的以下两件
哪一件更虚无

——四壁敞开
新盖的鸡窝已经面目全非
我养的鸡崽在夜里被黄鼠狼叼去了

——白雪皑皑
站在雪地上的我差点没哭出来
我那名叫白雪的小狗我怎么也看不见

我只知道
童年往事中的以上两件
让我一生虚无

2002

大雁塔我留下
送君一座小雁塔

同游者登塔去了
在庭院深处
长亭的一角
我四肢摊开
那么舒服地靠着
在《梁祝》的古筝
和由我自己撞响的
不绝于耳的古钟里
可以享受一次
千年的午寐
无梦的小睡
眼前很黑
醒来之时
却满脸泪水
哭的表情
在脸上凝固
我无所哭
一定是什么
那更大的
更高的什么
那更小的

更低的什么
借我一用
用我来哭

2002

交警和车夫

三轮车夫的职业
是这酷夏
摄氏50度的毒阳下
最残酷的饭口
同样的
街头交警的职业也是

更残酷的是
他们之间的鱼水关系
一名交警终于找到了
一个车夫的茬儿
在他认为不合法规的路段
他要收缴他的车

残酷之上的残酷
就是这首诗
让交警迷茫的是
车夫已和他的车子
焊也似的连在一起
再也无法分开

正如交警足下的警靴

深陷在晒化的柏油里

将其变为一尊雕像

2002

没发出去的E-mail，给G

有一点和你预言的

有所不同

追名逐利的路上

我仍会想起你

那是在瑞典南部

乡村的别墅区

散步的时刻

我想你会喜欢

这些油漆得

十分漂亮的木屋

一家三口

住在里面

和外界少有联系

不被打扰

下辈子吧

亲爱的

这辈子我身为一名

脏乱差的诗人

恋着我们

脏乱差的祖国

离不开啊

下辈子我争取投生

为一名瑞典的医生

还是娶你

并给你这样的生活

2002

关于诺贝尔奖
我看见了什么

托马斯·特朗斯特罗姆
坐在自家的苹果园里

苹果树上果实累累
随便哪一个

苹果砸下来
都会砸到他的头

可每一个苹果
都那么自律

坚持不坠
为此拒绝成熟

于是果园的主人
吃不到自家的苹果

2002

我知道猎人是怎么刮胡子的了

从前我总以为
猎人是不需要刮胡子的
一把越大越好的大胡子
似乎就该是
猎人的标准形象
因为自以为是的无知
我无法通向山林的知识
不懂得真正的猎人
狩猎前非得刮脸
以示对山神的尊敬
还想配得上美丽风光
即使排除掉上述因素
我还犯了个天大的错误
以为猎刀只是猎人的佩刀
忘记磨好了的话
它可以削铁如泥

2002

对眼

我的右眼里
有一条蚯蚓
它像火车那样
在泥土中
向前开着

蚯蚓！蚯蚓！

我的左眼里
有一列火车
它像蚯蚓那样
在大地上
朝前爬着

火车！火车！

2002

忘年的情人

儿子抱着
母亲的墓碑

活到21岁的儿子
抱着18岁死去的母亲的墓碑

抱着因生他而死的母亲
感觉像抱着自己的情人

我这么做时已经36岁
抱着60岁死去的母亲的墓碑

如此忘年的情人
男人们都会拥有

2003

枪手

年轻时
人们见我
动作快

现如今
只见快
已经不见
动作

将来等我
真的老了
只见动作
不见快

而最终
不见动作
不见快

2003

一个人的名字

又逢樱花开败时
他说的是
用电影减去他
还是用他
减去电影
都会等于零
这个男人
给过我很多
用他的电影
用他的生平
现在我想到
他给我的意义
大不过他的名字
在初闻之时
给我的全部感觉
黑泽明
黑泽明
黑泽明

2003

白衣天使

她们是天使
我知道她们
本来就是天使

并不是在我们
这样叫的时候
她们才是

纵然天使
也会像战士
一样死去

我还是反对
有人把她们
称作战士

以各种名义
杀人的战士
天使不杀人

2003

根的颜色

一个相信身体
多过文化的人
怎可成为一个
种族主义者
闭了眼
我也知道
色素在我
身体的大地
沉淀最多的所在
有我的根啊
阴囊犹似黑蛙之皮
包着两个奥秘的球体
上面的家伙
时如最绝望忧伤
演奏爵士的
披发歌手
时如最亢奋迷狂
NBA赛场上的
灌篮之王

2003

母亲的少女时代

花丛中的欢声笑语
几名女生
跑过我面前的小径
其中最娇小
也最快乐的那一个
让我忽然看到了
母亲早年的美丽
她的少女时代
沐浴着上海的风
1948年春天的阳光
一览无余地照在
圣约翰中学的校园里
日后成为母亲的少女
总会先被她没有生出
的儿子爱上
就是这样

2003

海明威传

他把莎翁和托翁

叫做"冠军"

一个美国大男孩

表示崇拜的叫法

之后依次排下

将一些伟大的同行

在第十三还是第十四的位置上

他小心翼翼地写上了自己的全名

欧内斯特·密勒·海明威

真像是我干的

所以我喜欢他

2003

汉茂陵石刻记

在这个历史悠久的国度里
最伟大的艺术品也只配
享受末流的待遇
这样正好——
眼前的这些宝贝没有被
运到北京去
罩在玻璃里
而是留在原产地
远处是汉武帝的大坟
近处是霍去病的小碑
比他们更为不朽的石头
被放置在两座长亭里
跟放在露天差不多
这个季节多麻雀
小家伙们飞来飞去
累了就在这些石头的
怪兽头上栖息
并不感到惊恐
长此以往
鸟粪——不同年代的
鸟粪便成了这些
大巧若拙的石刻上

惟一的图饰
美丽的花纹

2003

好牙

我特别佩服
牙口好的人
倒不是因为
那样一种说法
说牙好骨头硬
在我心里
以能否咬掉
啤酒瓶盖为标准
将人分成了两种
记忆中最牛的
一位爷
曾一口气咬掉过
十八个啤酒瓶盖
并将其中一个
咬下来的盖子
放在嘴里嚼着
最后将之咬成
火柴头粗细的
一根铁针
拿在手里
掏自个儿的耳屎

2004

动物搬家

原在市内的动物园
要迁到终南山里去
这是我早就知道的消息
因为我那老美人的堂姐
就是那里的一名会计

到了今年终于迁了
迁的时候浩浩荡荡
运动物的车队由警车开道
从城中穿过
仿佛盛大的游行

我准备五一长假
带着儿子去那里瞧瞧
倒是挺方便的
从市里新开的专线车
直通那座野生动物园

可就在临出发的前两天
堂姐打来电话说
不要来了，太扫兴了
一些动物傻呆在笼子里愣是不出来

一些动物疯跑到山中去就是不回来

我对着电话跟堂姐说
它们还是挺像人的
人类就可以分成上述两种
堂姐的话还没完呢
她说：还有一些动物一搬家就死翘翘了

2004

床上温度39

没有空调的年代

没有电扇的现场

我们做爱

大汗淋漓

两种以上的液体

交融在一起

就像在水里

你说我是胖水牛公水牛

我说你是瘦水牛母水牛

现在——

不仅仅是为了缅怀

我们关掉空调

也不把电扇打开

做爱　做爱

在海底做爱

2004

阳光下的醉鬼

长安的秋日
这午后的阳光
多么难得
坐在我所任教的学院
教学楼前的台阶上
我像个贪杯的酒鬼
被阳光晒醉
半小时的阳光
相当于三两酒的能量
在醉眼蒙眬中
我看见阳光
仿佛液态的酒
在一个被X光透视出的
惨白人体
那四通八达的血管中
高速奔流

2004

今天是你的生日我的老婆

有人唱

人世间最浪漫的事

照我看

是最实在的事

就是和你一道

慢慢变老

老成两只老猴子的时候

盘腿坐在床上

就当是在树上

相互挠痒痒

有虱子的话

还可以捉两只尝尝

老婆子

你那长长的

缠在我脖子上

三圈不止的玉臂

已经枯干如柴

却是我一辈子

也享用不够的

人骨牌老头乐啊

2004

途中

车子沿额尔古纳河蜿蜒前行
河之对岸就是俄罗斯

车子沿额尔古纳河蜿蜒前行
你感觉那著名的俄罗斯大地

像一群忠诚的大狗跟着你

2004

白桦生北国

树上有疤
仔细看
那是
万人之疤
不知道有谁

树上有眼
仔细看
那是
一人之眼
你知道是谁

2004

我又写到了出租司机

出租车里的收音机
正在播讲笑话
是司机们喜欢的交通台
每讲一个
我面前的那个司机
就要乐上一阵子
终于
在讲到一个灵车司机的笑话时
我也放声笑了出来
和司机一起哈哈大笑
接下来发生的一幕是
那个傻大黑粗的司机
用我没有看见的一个
灵巧而迅捷的动作
一下关掉了收音机
要亲自给我讲个笑话
他说有一对恋人
养了两只狗
给一只取名叫脸
给另一只取名叫屁股……
笑话真的很精彩
只是他拙于讲述

让我没有笑出来
而心中却有一份融融的感动
如果还有那么一个陌生人
要不计报酬地给你讲笑话
世界啊就还没有变得太坏

2005

1972年的元宵节

一个孩子
一个和我一样大的孩子
提着一只红灯笼
在黑夜之中跑过

我第二眼
又看见他时
只见他提着的是
一个燃烧的火团

那是灯笼在燃烧
他绝望地叫唤着
仍旧在跑

在当晚的梦中
我第三次看见了他——

变成了一个火孩子
在茫茫无际的黑夜中
手里提着一轮
清冷的明月
在跑

2005

姑妈口中的爷爷

他在喧嚣的红尘中
他在时代的暗夜里
忠实于自己的内心
做着他的家训
为自己的后代
当好先知
他说：我们家的孩子
都是比较笨的
不善于和人打交道
那就与天与地为友
并在天地之间
安放自己的追求

2005

零度以下的早晨

季节的内分泌紊乱了
造成了深秋与初冬
重叠的景观——

在零度以下的早晨
天还未亮的时刻
站在街边等车
被冻得瑟瑟发抖的我
看见一个环卫工人
将马路上的落叶
扫在一起
扫成一堆
然后点燃……

黑暗之中这个
熊熊燃烧的火堆
令我冲动似的
跨上前去伸出双掌
做出一个烤火的动作
那个已在收工的环卫工人
瞧着我笑了
他在黑暗中的一半笑得像个黑人

在在火光中的一半笑得像个火人

我想：不知他是否读懂了
我这烤火的动作
也是一个敬礼的手势

2005

东陵有条灵魂之路

在东陵
有一条灵魂之路
当导游小姐
告诉我们
它作招魂之用时
所有诗人的脚
都小心翼翼地
回避开它
不论民间的
还是知识分子的
不论第三代的
还是中间代的
不论有话要说的
还是无话可说的
偶有不慎踩踏者
也都触雷一般
缩回脚来
灵魂之路
没有足印
没有人迹

2005

眼前的景象

这是春节期间的某天晚上
我和几个朋友在一家火锅店里
大吃大喝了一顿之后
正在向一家咖啡馆转移
在我们走过的路上
在一条慢行车道的当间儿
一个无腿的乞丐正坐在地上
用手机跟人通话
声音很大旁若无人
能够听出是在拜年
"他肯定打的是长途
跟一个外省的乞丐"
"没准儿还是国际长途
跟一个外国的乞丐"
对不起！请原谅
我和我朋友的这份贫吧
不是我们没心没肺麻木不仁
也不是歧视、轻蔑和冒犯
只是一种惊慌失措的掩饰啊
我们确实来不及
为跟前如此这般的景象
预备好一份正确的情感

2006

酒桌上的谎言

春节期间
与老友聚会时
酒酣之际吐出的话
被他们当了真
我说："我在三十岁以前
已经过了美人关
我在四十岁以前
已经过了名利关
我争取在五十岁前
把生死关给丫过了
老子连活都不怕
还怕死吗"
我的朋友们
把我的话当了真
就敬着我这个人
其实我对他们撒了谎
其实我一关都没过

2006

春天的乳房劫

在被推进手术室之前
你躺在运送你的床上
对自己最好的女友说
"如果我醒来的时候
这两个宝贝没了
那就是得了癌"
你一边说一边用两手
在自己的胸前比划着

对于我——你的丈夫
你却什么都没说
你明知道这个字
是必须由我来签的
你是相信我所作出的
任何一种决定吗
包括签字同意
割除你美丽的乳房

我忽然感到
这个春天过不去了
我怕万一的事发生
怕老天爷突然翻脸

我在心里头已经无数次
给它跪下了跪下了
请它拿走我的一切
留下我老婆的乳房

我站在手术室外
等待裁决
度秒如年
一个不识字的农民
一把拉住了我
让我代他签字
被我严词拒绝

这位农民老哥
忽然想起
他其实会写自个的名字
问题便得以解决
于是他的老婆
就成了一个
没有乳房的女人

亲爱的，其实
在你去做术前定位的
昨天下午
当换药室的门无故洞开
我一眼瞧见了两个

被切除掉双乳的女人
医生正在给她们换药
我觉得她们仍然很美
那时我已经做好了准备

2006

春天的亲人

每年春天
我都在花的现场问人
"这是什么花?"
"这是什么花?"
"这是什么花?"

然后
忘记
然后在下一年
接着问人
接着忘记
以至于很多年

我觉得
我比那些知晓
所有花儿名字的
植物学家们
更是春天的
亲人

2006

瓜患成灾

从老婆说起
今夏西瓜多
有瓜农破产自杀的那天起
我们家每天都要消灭
一个大西瓜
从那天起
我几乎就没怎么喝过水了
儿子的身上也是一股西瓜味
夏天过去的时候
我家的水泥地板上
也长出了西瓜
变成了一片瓜地
是儿子吃瓜时
老是吐籽不准
造成的

2006

从楚回秦

我体会到了

一个秦人从楚国

回到秦国之后的感受

关中平原的麦子已熟

差一点点就错过了收割

他从地里头拣起一株

颗粒饱满的麦穗

凝视着麦穗

想念起能写一手绚烂楚辞的

屈原和宋玉

编钟在耳边

杂乱地敲着

2006

此诗属于宁夏回族诗人马茹子

你来自六年不下一滴雨的同心
兄弟，我记得你在会上发言说：
当地的婆姨担水时
看见水桶里的水滴
掉落在地
竟会情不自禁地
发出哎哟一声
心痛的叹息
……
兄弟，今天你来了信
发来了咱俩在老龙潭
极富质感的石崖前的合影
你在信中说："很高兴！
下了一夜大雨！
山区人民有水吃了！
愿真主护佑他们！"

2006

县医院的拖拉机

县医院的病房里
突突突地开进了一台
手扶拖拉机
那是被陪护者甲
硬生生强指成机器的一个
人——中年农民患者乙

甲指着乙
对探视者丙说：
"他这台拖拉机呀
所有零件全都坏球啦
左右两肾全都长瘤
心也坏啦肝也坏啦
前列腺也有毛病
所有零件全都坏啦……"

"谁叫他不看病呢！
他这一辈子
好像从来
就没看过一次病"
丙摇摇头
叹口气

望着乙说

乙靠在床头
表情像笑
其实是不好意思了
他还顾不上怕死
只是为生病而羞愧
憋了好半天
终于说出话来——

"丢人哩!
俺这台拖拉机就快报废球啦!"

2006

高峰体验

半个舌头麻醉了
是钻牙时为了解除痛苦
注射进牙床的一针麻药
捎带着麻醉了半个舌头

仿佛在朝鲜半岛上
强行画出的那条三八线
将一国分成两半
一半麻醉一半痛苦

甚至激我想象出
池塘里最后一条泥鳅
被人类用麻醉枪
射杀时的惨相

走出口腔医院以后
受了大罪的我想安慰一下
我那无辜的舌头
就摸出一支烟来抽——

烟草的香味被享用了
只属于半个舌头

另一半好似麻木的焦土

任凭硝烟滚滚而过

2007

致命的母爱

母亲

日子过得好快

没有你的日子过得更快

天堂里的日子

也是这么不禁过吗

母亲，掐指算算

你已经去了十年

十年中我怕痛

很少主动地想你

每每都是你自己

钻到我心里来的

带着过去岁月中的

往事和细节

带着你对我的

刻骨铭心的爱

就像现在我感冒了

你马上跑来看我

和那年我感冒时一样

当时的情景历历在目

看着我吃完药

你叮嘱我说：不许房事

还有一次与感冒无关

与房事有关
是个夏天
热得发昏
你又对我爱得失去了
长者的风度
母亲的分寸
关心再次过度
更不含蓄地对我说：
"做爱的时候
暂时先把电扇关了
至少不要正对着自己的身体吹"

2007

暖冬之夜

等雪
等得心痒痒
抬头
瞧见白月亮

2007

父亲的钢板

在我不给父亲赠书很久以后
他送给我一部他的新著
他说："你看我也没闲着"
我知道我知道
他确实没闲着
退休十载也闲不下来
两次大病也拦不住他
即便如此
我还是被接到手中的
这块钢板一般的大书
给镇住了——
这是一部十六开的大书
名字叫做《中国麝类》
动物学专著
中国林业出版社所出
全书九十万字
还有大量照片
统计表和示意图
据我所知
这是出在我们家的这位
国际水准的动物学家的
第三部专著

三块钢板
等于他这辈子

我提着这块父亲的钢板
步行回家
心里想着我对其
为之奋斗终生的事业的
可笑认识
有趣的一面是
他观察过不少动物
在发情期内的交配行为
无趣的一面是
有时他踏遍青山累断腿
但却一无斩获
刚才赠我书时
父亲自诩："我的每行字
都不是乱写出来的"
我起哄道："我的每行诗
还都是乱写出来的"
但是——爸爸
现在我暗自默默地承认
你对我的工作态度
产生过良好的影响
从我年少时你让我看你
一笔不苟的论文手稿开始

沉甸甸父亲的钢板

这一部我读不懂的书

被我带回到自己家里

摆放在我书桌上

母亲的遗像边

这时候

不可思议的奇迹发生了

遗像中的母亲

悄然改变了眼神

望着那块钢板

她的表情难以形容

就像生前望着父亲

望着她的男人她的神

2007

孪生兄弟

曹峰和曹峻
是一对孪生兄弟
他俩都是我的中学同学

上中学那会儿
我经常将他俩认错
两人还故意逗我犯错
分清楚的时候
我更喜欢开朗的弟弟曹峰
关系自然更好

我们在二十二年前的夏季
高中毕业各奔东西
曹峰在二十年前
在他就读所在的兰州某大学里
因为抢了同学的女朋友
而被一刀捅死

二十二年以后
我才见到哥哥曹峻
就在上星期
在我家对面的巴味餐厅里

我请他吃了一顿饭

我跟他面对面坐着
尽量避免提及他的亡弟
但我始终感到
我是和曹峰在吃饭
喝酒、抽烟……

这种感觉真好啊
就仿佛世界上
已经不存在死亡
死去的人还在这儿
四周景物也变得鲜亮多了

一不留神
我们面前盘子里的香酥鸡块
迅速整合起来
昂首立于桌面并且打起鸣来

2007

心，还是心

不到荷兰你不会知道
凡高画得究竟有多像
不是不像而是就是
俗人的眼看不到这一点
是因为他们看任何事物
都不是用心在看
更看不到别人的心——

凡高所画的荷兰是有脉搏的
我看见画框都在扑扑地跳啊

2007

比利时雕塑

对于只呆过四小时的比利时
我还能记得什么
古老辉煌的教堂和城堡
都被照相机记下了
空出我的脑袋
让我记住那个老头——

他从安特卫普的街头走过
因为不会说英语
而无法为我指路
而强烈抱憾的定格的表情啊
仿佛一尊雕塑——

立于原地不动
盯着我问别人
见我问明方向
方才举步离开——

仿佛一尊移动的雕塑

2007

我的神赐我以暴雨的启示

终于到达了江油
也就到达了李白故里
我来了
带着《唐》
我想李白应该显灵

在李家的堂上
当一只黑脚蚊子
停在我的胳膊上
准备大吸我血的时候
我想：难道这就是李白？

不管是不是
想吸就吸吧
不管怎么说
不是李白
也是李白家的蚊子……

这样想着
屋外电闪雷鸣
暴雨骤降
在屋檐之下

形成一道密不透风的水帘
李白的塑像
就坐在水帘的后面

我想起上月在荷兰
在见到凡高之前的
那场突如其来的暴雨
哦！我的神
为什么都喜欢显灵为雨
一场暴雨
此中有大启示

在我一步跨出
李家大院的那一刻
暴雨骤歇
百步之内
天已放晴

来到停车场
问那管理员
说这里不曾下过半滴雨
地面果然是干的
惟有赤裸裸的阳光躺在上面

2007

摩梭人家

当我一步跨进这家院子时
二层木楼上的小男孩
欣喜地看了我一眼
然后对着他的妈妈
发出一声："爸爸!"

我的眼泪差点被叫出来!

2007

授课

"中国文学史
是一部贬官的花名册
和不得志者的难民营
由是推之
今天在我们眼前
晃来晃去的这些角儿
将无法构成
明天的历史……"

话说到此
讲桌上的麦克风被震哑了
而教室里的灯一盏盏亮了

空旷的教室——没有人听

2008

与佛陀绝交书

天啊，你残害苍生枉为天！

——〔元〕关汉卿

佛诞之日

山崩地裂

生灵涂炭

肝脑涂地

花朵凋零

肝肠寸断

佛陀在天空扮鬼脸

作彩云诡异的一笑

你他妈是尊什么佛

生出来都在干什么

从此以后

见佛门不入

遇和尚不敬

实在躲不开了

见佛杀佛

2008

青城山破了

那是在已逝的世纪黄昏

在青城山的溪水边

我与一个开始谋求

成为当代国师的复古派诗人

触景生情地谈及杜甫

他吟："国破山河在"

我跟："城春草木深"

哦！足下小溪清如许

我俩形同知己

亲如战友加兄弟

九年时光像溪水流淌

现如今物不是人已非

情义破了

青城山破了

情义破人在

山河破国在

国与山河俱破

人何以堪

拿什么在

莫慌莫慌

就学那屈子

手握绚烂楚辞

不朽华章

凭诗而在

但却没这么简单

这就要看看

上下求索大灵魂

究竟是长在谁的皮囊里

2008

肾斗士

一

那个两度换肾
又进了两个球的
克罗地亚球员
在中国的媒体上
被唤作"肾斗士"

哦！伟大的汉语
一次性地展示了
它非凡的消化力和创造力
不单单存在于古代的典籍

二

肾斗士
带着父亲的肾脏
满场飞奔
身上奔涌着
父辈的血液

我不了解克罗地亚——
这个独立未久的前南国家
但又像是了解了——
它有一个肾形的灵魂

2008

带儿子去行割礼

香蕉该剥皮了
牛牛该露头了
儿子该成人了
身为一名父亲
我所能做的是
把他带到此刻
如教堂般圣洁的医院
去行一次庄严的割礼
请求自己的好友——
一名主治医生屈尊下顾
再干一把实习生的活儿
割出一个符合国际标准
具有全球化意味
能够出席奥运会
并加入WTO的漂亮阳具
（就像前阵子
艳照上所见的那具）
用片刻的痛苦
换取一生的幸福

2008

电视访谈

大眼睛的女主持
眨巴着她的大眼
问那位天生的盲歌手
"假如给你三天光明
你想干点儿什么呢?"
"我什么都不想干
也不需要光明"
盲歌手说着
脸上绽放出
盲人特有的
幸福的笑容

2008

恐怖片

电视里墙上的挂表
和电视机旁
我家的座钟
走着完全一致的时间

2008

草坪

这块绿色的草坪
有生命也有死亡

倒不是
停在上面的除草机
提醒着我们
草儿在疯长

是玉色蝴蝶
在翩翩起舞
一只将另一只
追逐

宛如一面绿色旗帜上
掠过两块纷飞的弹片

2010

西西里柠檬

我足球的初恋是鲍鱼肉丝

发生在情窦初开的年头

后经对马朵娜

刻骨铭心的移情别恋

萝卜丝芭蕉又将我拉了回来

浪子回头金不换

从此开始漫长的苦恋

苦苦厮守不离不弃

直至上届她正果修成

成为贵妇人

以后冠加冕

我是在说

地中海一样蓝的意大利队

在说多年以来

我浓得化不开的意大利情结

仿佛我在战靴般的亚平宁半岛

在足球般的西西里岛

真有一个意大利情人

这是一个乡巴佬

一个穷小子

出于过敏、自尊的

自动放弃悄然离开

时光荏苒
四年过去
这一年啊
在南非阴雨绵绵的冬天
我与老情人邂逅
我与之的关系吧
恰似一首情歌所唱：
"就当她是个老朋友啊
也让我心疼
也让我牵挂
只是我心中已不再有火花
让往事都随风去吧……"

犹似我初恋之年读过的小说
《西西里柠檬》

2010

现实勾起回忆

小时候
我是先听说
"马蜂窝捅不得"
才有那次冒险行动
一根木棍捅过去
撒丫子就跑
等到跑回家
头上顶着六个包
疼得龇牙咧嘴
隔日的复仇行动
我采取了火攻
还是用那根木棍
挑起一块点燃的抹布
直接蒙盖到马蜂窝上
撒丫子就跑
等到跑回家
头上的包
也只增加了一个
竟然一点都不疼
七个包都在欢叫

2010

挑战

在德国女作家余蒂娜的博客里
在她游历伊朗所留下的
几篇文字中
我注意到四个字
是她对该国及其人民的评价
——"善良轴心"！
是对话语强权的挑战
微末如离离原上草
能点燃夜空的闪电

2010

辋川

高速公路路牌上
刚一出现此地名
便见有人
头戴斗笠脚穿草鞋
横穿而过
便听有人
声泪俱下一声高呼：
"王——维!"

2010

智慧

宗显法师是个有智慧的人
他应要求讲述
自己当年出家的往事
像在写一首诗
一首口语化的现代诗
那黄昏的寺院
僧侣们的晚课
让他感觉到幸福
那身上世纪九十年代初
还十分稀罕的白西装
决绝地自剃
一头摇滚青年的长发
充满细节的人性叙述
令我怦然心动
而真正让我见其智慧的
是他对一位自称
正徘徊在基督与佛陀之间的
女士的回答："信基督吧!"

2010

红叶

在大箭沟的山坡上
我看见一片红叶
并为之惊叹
同行者说：
"这算什么
还有更红的!"
我暗想：
那又怎样
是这一片
而不是另一片
叶子
红到了我心里

2010

送寒衣的妇人

寒食节当日我去首阳山公墓
给天上亲人送去寒衣

在相邻的墓碑前看见一个
年约五旬的妇人正在焚烧纸衣

她一边烧一边念念有词：
"爸爸！大哥！二哥！冬天到了……"

我瞥了一眼：那的确是个合葬墓
"爸爸"在上、"大哥"在右、"二哥"在左

妇人烧完纸衣和纸钱
用专门拎来的塑料桶中的水浇一左一右两棵松树

"大哥！瞧你霸道的
人死了还这么霸道！"

哦！我在第一时间
领悟了她的笑言笑语

她是在说：右边的松树

要比左边的长势迅猛高大许多

天上的亡灵！请原谅我这个有心人
我在妇人离去之后窥探到她家的碑文

这爷仨死于同一年
死因未铭

2010

因果

那一天
我们谈了
一下午
仓央嘉措
也没顾得
看一眼窗外
傍晚时分
走出门去
天在下雪
大地老去

2011

悼小招

家母离去的那年
我初次领略到
春天的残忍
希望的季节
形同万刃刀山
有人爬不过去
自甘堕落者
往往是诗人

小招，难道是
春天的死神选择了你
你选择在情人节离去
在那个注定无情的情人节午后
这令我难过
非诗的傻B
才会以为这是巧合
噢！原来绝望之后还有愿望
崩溃之后还有梦想
还会精心选择日子
还会在桥上徘徊
我知你希望在天上能够看见
人们在谈论你

另眼相瞧你的诗
噢！这多像是你在去年秋天
跑来长安跪诗的行为艺术的延伸
那一天你在我的大学
向我下跪时我没有出现
我所受过的教育
不会让我出现
我的天性
不会让我出现
也许你深知这一点？

惟一的见面是在前年秋天
长安市上某酒家
那个由我做东的乱局上
你微醺而来
大醉而去
杯盘狼藉的饭桌上
当你秀完左小祖咒难听版的
《乌兰巴托的夜》
再秀完从阿坚师傅那儿学来的
筷子打击乐
眼里素来不揉沙子的我
对这种京都文青标准秀
并未流露反感
只因为我知道
有一颗痛苦不堪的灵魂

正像丸子一般
在咕咕的汤锅里滚沸

我怎会忽略这样的细节
从你匍匐在地的尸身上
搜出的是两纸招工简章
（而非海子式的《瓦尔登湖》）
最终打垮你的就是这个？
也许你的道路
打一开始就错了
你该从忍受一所大学
学会忍受社会
忍受这无爱的人类
从沉入井底
而非只图宣泄的写作中
找到真正的快乐
那是生命的极乐
但是我的经验
又怎么可能通达于你
再说我有什么资格
敢去给他人指路
前年夏天
我的一名学生
从我上课的教室走出去
纵身一跃而下
直扑大地

我知

我所能做的

也只是在未来的某一天

在奔赴湘西的旅行中

顺道去了你的家乡

在青翠欲滴的山间

芳草掩映的乱坟中

寻找到你的墓碑

那碑有着你的脸型

令我想起你活着时

犹如一块廉价的墓碑游走

这世上所有活着的人

都是一块块游动的墓碑

死后才找到自己的脸型

我双膝触地

还你一跪

2011

鬣狗的胃液

十二年前
丧胆手术
我的胃液
被导出来
望着透明圆罐中
黄黄的酸液
哦！我的胃液
就是它消化了
我吃下的那么多
那么多不洁之物

这些年里
儿子受我影响
爱看足球赛
我受他影响
爱看动物片
当我在一部介绍鬣狗的片中
了解到鬣狗的胃液
是地球上所有生物中最强的
我便爱上了
鬣狗

一位美国诗人说
诗，需要一个强健的胃
来消化水泥、石油啥的
于我心有戚戚焉
我呢，想接通一个导管
给我诗的胃里
直接导入鬣狗的胃液
就能够消化
腐肉、皮毛、骨头
饥荒之年还能消化
土块、朽木、石头
并且无惧任何细菌

在生命的最后时刻
胃液消化了胃
消化掉无
诗——得以永生

2011

春

公车站上
并肩站着两名
双胞胎美少女
其中一个
小脸气得通红
冲另一个骂道
真像在骂自己：
"你竟敢冒充我
去和他约会
太不要脸了!"

满街的桃花开了

2011

故地重游

一个饭局
设在石油学院附近
我二十年没有到过的地方
已是如此繁华
整整二十年前的春节
我踩一辆破旧的单车
载着未婚妻
载着年货
穿过一片荒凉的田野
来给住在该学院家属楼里的
我的顶头上司拜年
求他分给我一间
用来结婚的房子
结果总算如愿
给了一间十三平米的小平房
二十年前
我，多么年轻，强壮有力
妻，多么美丽，腰围一尺九
但是我们没有觉得自己年轻
二十年前
我们多么贫穷，存款为零
但是我们没有觉得自己贫穷

惟有快乐

惟有快乐

惟有无须在日后改叫幸福的快乐

2011

丹凤记

山美
太阳点亮灯盏的青山

水美
水草长袖善舞的绿水

人美
木槿花开庭院的少女

有鬼
江岸上垂钓者

钓到一条大鱼
正在大口生吃

2011

老丈人

我很内疚
去年他老人家
脑溢血突发
我都没有回来
（忙是永远的理由）
现在只能探望
带着后遗症的他
我在半夜到家
直奔他床前
叫了一声："爸!"
他伸出青筋暴露的双臂
用双手紧握我的双手
眼中闪烁着千言万语
口中只吐出两个字：
"稀——罕!"

2011

大足石刻

我擅自闯入
石头氏族
惊见石人
在拜石佛

2011

月光光

在岭南
在粤东
在十一月还绿油油的田野
在九曲十八弯的乡间小路上
一个黑黝黝的少年
坐在牛车上吹竹笛——

"月光光照池塘
虾崽你乖乖睡落床
听朝阿妈要赶插秧啰
阿爷睇牛佢上山冈喔
虾仔你快高长大啰
帮手阿爷去睇牛羊喔……"

虾崽不急于长大
长大了阿姐就要出嫁
就像此刻
阿姐把牛车赶得很慢
也能到达远方的山冈
就算到不了的话
不也是和阿姐在一起

2011

蒸螃蟹

戴上有刺的胶皮手套
将四只横行的螃蟹
一一抓进铝合金蒸锅
坐上凉水
打开煤气
我便逃也似的
撤出了厨房
还将厨房拉门
拉得死死的

生怕有一丝声音
传出来
来自蒸锅里的螃蟹
来自螃蟹腿挣扎着
划过铝合金蒸锅
那是一种可怕的声音
比用手指甲划玻璃
更要人命

十分钟后
我回到厨房
关掉煤气

揭开蒸锅

好香啊

我将四只一动不动的螃蟹

一一夹到盘子里

端上餐桌

吃饭时

儿子发现："螃蟹腿

都是断的

正好不用掰了……"

我的手哆嗦了一下

像被螃蟹钳夹住了

2012

大理的云

我们住在苍山脚下
抬头可以望见雪峰的地方
我们在饭后散步时交谈
他回过身跟我说话时
有一朵云正低低地
停在他后脑勺上方
云在动
他不动
于是他说出的话
就像是给云在配音
云变成一条狗时他汪汪叫
云变成一只猫时他喵喵叫
云变成UFO时
他发出一种奇怪的声音
是我从来都没有听过的

2012

曾国藩

我去了他的故居
让我最感震撼的
不是那里的建筑
不是巨大的荷花池
不是他一生
辉煌的战史
甚至不是他的
等身之著
而是他的字
不是什么"书法"
就是字
只是字
除了正
就是直

罗浮山

神不在庙里

神是坐在观光缆车上
吹肥皂泡的小女孩
神是飞向层峦叠嶂
小太阳般镶金边的泡泡

神是半山坡的小店里
泡在药酒里的老鼠崽
是泡了一年后揭开瓶盖
一口把人咬死的不死蛇精

装神弄鬼的人心中没有神

2012

白雪乌鸦

北京，铁狮子坟的早晨
刚下过一夜的雪
我脚踏一片洁白
朝着校园深处行进
忽然间
扑楞楞几声响
一个飞行小队的乌鸦
落满我脚下航母的甲板
哦，白雪乌鸦
仿佛上帝的画作
让我搓着手
呵着热气
准备将它卷起来
带走

2012

湿地

沿着公路
驱车向前
来到这片湿地
那是黄昏时分
夕阳正在离去
清风徐徐而来

我们中间
有位少女
把脚伸进小河里
撩起水花，说：
"怎么办？
我爱上了一个人！"

我们中间
有位少年
仰面躺在草甸上
吹着口哨，说：
"等我死了
就把我葬在这里！"

2013

纸

来自祖国大陆

五湖四海的诗人们

来到广兴寮纸厂

将他们各自带来的

珍贵礼物——

树叶、花瓣、枯枝、泥土、手稿……

汇聚在一起

亲自动手

用原始的手工制成一张纸

然后把这张心愿的纸

带到佛光山

敬献给星云大师

当构成这张纸的上述元素

被一一报上名来

只有一个元素

令在场的僧侣、尼姑、佛学院学生

发出"哇——"的一声尖叫

那个元素

是我爱子的一绺胎毛

2013

高雄佛光山现场题诗

一

我在菩提树下
抽烟
喜悦如莲
我自在了

二

法师说：
"佛光山的鼓
是树皮做的……"
我听出来了
大素的鼓声

2013

即景

衣柜顶上
一双
颓靡的
肉色丝袜
膨胀起来
灵魂之足
开始行动

2013

宅男在家

我发现

家中最热闹的地方

是卫生间

每次我拉屎的时候

都能听见

楼上或楼下

邻居家的声音

电视机里

传出的声音

吵架的声音

剁馅的声音

叫床的声音……

（最后一项

属于幻听）

我望望四壁

便明白了

此处管道多多

声音由此传来

但是当我起身

擦完屁股

却发现

我所听见的声音
全来自马桶深处

2013

全是坏人

我见过好人嘴里的坏人
确实是个坏人

我见过好人嘴里的好人
居然是个坏人

我见过坏人嘴里的好人
果然是个坏人

我见过坏人嘴里的坏人
比他本人更坏

2013

在江油的饭局上

酒喝得差不多了
一位本地诗人说：
"容我说两句酒话
在座的诗人
都写不过伊沙
伊沙的诗
我能记住五首
其他人最多
只能记住两句……"
只听哗啦一声
桌上一半的人
一下站了起来
愤然离席而去
我右边那个
还撂下一句
"话不投机半句多"
我左边那个
有点气糊涂了
竟然鼓动我：
"伊沙——走!"
我如惊弓之鸟
无辜地望向四周

心想：至于吗？

又不是李白在宣判

一个杀人犯在我脑瓜里呆了三天

他是个农民
在本村杀了
一家四口人
连夜潜逃
沿村边小河
一路逃窜
只走河堤
进入大河流域
沿着大河
继续前进
如此线路
让他躲过了
警方所有设卡
四面八方
围追堵截
一个月后
来到海边
眼瞅大河
没入大海
那是他此生中
初次见到大海
是黄的

不是蓝的

感觉特没劲

徘徊了一整天

他跳海自杀了

2013

品位

小时候
我想当一名
卡车司机
（那是未被完全
洗脑时的理想）
除了开的车大
我还羡慕
他们都有一个
长长的炮弹般的
大茶罐
泡上一大罐
褐色的茶水
随时拿出来
咕嘟一大口
然后就长大了
司机虽未当成
如此"炮弹"
还是弄了一枚
它令我的生活品位
迅速下滑
咖啡久未品尝
功夫茶早被遗忘

葡萄酒不够过瘾

此时此刻

若你来到我家

走进我的书房

会看见一个家伙

赤膊上阵

正在写作

挥汗如雨

就用挂在脖子上的

湿毛巾擦擦

过上一阵

拧开"炮弹"

咕嘟一口

不像作家

而像一名

跑长途的

卡车司机

2013

诱因

有三条路线
可以进入我住的小区
我老爱走西边那条路
别人不爱走
别人不爱走的原因
显而易见
由此路走
要经过一家火锅店
的厨房后门
从里面会飘出一股
呛鼻的泔水味儿
令人作呕
而我知道
捏着鼻子
穿将过去
就会迎来
一路柳荫
好像绿巨人美女
夹道站了一排
深鞠一躬
垂下秀发
迎我回家

2013

黑暗中的预言

　　——致维马丁

大约二十多年前
那一定是
我文学生涯中
最黑暗时刻的抱怨
带着不平与无助：
"怎就没有翻译家
看上我的诗?"

"急什么?"妻说
"你的翻译家一定是
你的同龄人
他们现在和你一样
还在黑暗里……"

2013

张楚演唱会

全场数千观众中
我只注意到她一个——

一位少妇，扁平的脸，并不漂亮
个子不高，衣着干净，独自一人
手中举着一面小小的
小小的朝鲜国旗
她小小的躯体随着摇滚的音乐
轻轻地左右摇晃
她的神情无以名状

台上歌手（我的朋友）引吭高歌
《上苍保佑吃了饭的人民》

2013

腊八节

"各住户请注意
请到小区广场领粥
不用带碗带盆
物业给大家备了桶……"

那时我正在写作
楼下有人叫起来
声音从电喇叭里传出
升到我九层楼高的窗外
像霾一样悬浮在那里
我啥都没有想
撂下手里的活儿
穿上裤子和外套
下楼领粥去了

来到小区广场
见已排成长队
我在队尾排了五分钟
发现不对劲
全是老太太
（连个老头都没有）
站在冬日的寒风中

我赶紧朝回跑

但是——晚了
这是腊八上午的事
妻的电话中午打来
从她单位：
"你就别丢人现眼了
有人已经打电话给我了
说你跟老太太一起排队
等待施粥……"

2014

徐爷

大酒加主持令我失声
遂决定将次日上午
到衣冠冢公祭李白时
领诵祭文之大任
交给徐江
（这堆诗人里
上过话剧舞台者
只有我和他）

次日一早
他给我看
经他删改后的公祭文
我见其唇上添了新伤
划出一道不小的口子
"咋回事？"
"没事儿
刮胡子刮的"

后来
公祭结束
他从一扇窗玻璃上
看到自己唇上的口子

说："哎，真不小
不过也好
祭祀时总要献上
一颗砍下的猪头！"

2014

人民

下午散步时间
我从丰庆公园东门
走出
看见马路边有个少妇
支在单车上打手机：
"喂，陈园长
你只要把我娃收了
我在五万赞助费之外
再给你个人一万块
咋样？……"
在其身后
单车后座上
坐着一个
三四岁的小男孩
我沿路向前走出
一段路之后
在夏日午后
暴晒的阳光下
有点想哭
不是出于心有感动
而是因为不为所动
见惯不惊

习以为常
我想向我也身在其中
逆来顺受忍辱负重的
伟大人民
致敬

2014

德令哈

黄昏时分
漫步小城

在高高的古楼下
一户汉族人家
在打羽毛球

城中心的广场上
一队藏族大妈
把锅庄搬上舞台
"北京的金山上……"

晚霞落满商业街
两个蒙古族少女
一个丰满
一个高挑

"这不是雨水中
一座荒凉的城"
同行的诗人说：
"恍若静谧安宁的
北欧小镇……"

"把自己内心的

悲痛与荒凉

强加于一座城的

绝非大诗人

而是学生腔"

我说：

"很多时候

欧洲之美的掌故其实

已经配不上中国大地上

某些绝美的角落……"

这里城市空寂

人民安闲

叫人不忍打扰

我生怕那从高音喇叭里

爆出的充满暴力

歇斯底里的

法西斯抒情：

"姐姐，今夜我不关心人类，我只想你"

惊扰到他们……

那蹲在巴音河畔烧纸钱的妇人

就是"姐姐"吗？

诗人们

请不要自作多情

巴音河奔流不息

2014

惭愧

十八年来
儿子成长的
每一步
我都操碎了心
但也只是
操碎了心
而其母
永远在行动

2014

在伯灵顿的森林中

在伯灵顿的森林中
（这座城市
就坐落在森林中）
每一棵参天大树上
都上蹿下跳着
一只小松鼠
吓了我一跳
又吓了我一跳
反反复复
不停地吓我一跳
起先我是为它们的
突然出现而受惊吓
后来我是为它们
根本不怕我
而感到害怕

2014

落叶

佛蒙特的深秋
红枫树叶
红得落了
落满绿山山谷
让迷路者取暖
或将其埋葬

2014

在天涯

紧抱不放啊
祖国
在电脑里

2014

与布考斯基同行

创作中心
禁毒禁酒
室内禁烟
遇到性骚扰
可打专用电话
我对维马丁感慨道：
"即便是布考斯基
那么大的腕儿
也得自个儿买酒喝
这在中国
不可想象……"

后来我们找到了
镇上最大的超市
里边有各种酒
我们替老布
松了一口气
再后来我们
又找到了
加油站前的小超市
距中心更近的距离
我们又替老布

松了一口气
再再后来
我们发现了一家
酒的专卖店
品种齐全
还更便宜
到此
我们几乎可以断定
老布在佛蒙特创作中心
日子过得很幸福
喝好了
写好了

老布幸福了
我们也就幸福了

2014

致一位刚入美籍的华裔艺术家

才离开中国六年
你就装样道:
"那个月亮代表什么心
怎么唱来着……"
是的,你想在自己身上
在这些美国人面前
抹去与中国有关的一切
不过是为了更好地生存
做一名合格的美国艺术家
这就像我想把中国的一切
全都担在自己诗歌的肩上
不过是为了更好地发展
终成梦寐以求
舍我其谁的
中国的诗魂
这都没什么
我四十有八
大叔一枚
严于律己宽以待人
完全理解你选择的人生
只是对自个儿斩草除根的做法
合不合艺术之道

我持不同看法

把这些写下来

也完全是出于诗人的本分

2014

越南风景

送来大米和大炮的
什么都没留下

还有送来炸弹的
也不曾改变什么

只有——
送来文字、咖啡和教堂的
留下了文字、咖啡和教堂

2015

听音乐会

理查德·斯特劳斯的
《随想曲》
听得我想哭
终于热泪盈眶
马勒的《大地之歌》
听得我想跑
在蓝天下裸奔
贝多芬的四段华彩乐章
像巨人的四只大手
掌控一切
攥碎我心
又像巨人的脚趾
从天而降
踏过我身

2015

又见乡愁

札幌饭店
其实是一家中餐馆
老板娘是个温州人
维也纳大学
"正义之诗"研讨会
结束后
与会者在那里聚餐
酒足饭饱
席还未散
我独自一人
来到门口抽烟
一位亚裔美女
上来借火
听其说话
是日本人
我掏出打火机
给她点烟
嘴里嘀咕了
一句什么
看她眼里
点点光亮
暗淡下去

我恍然大悟
借火不过是个借口
她是凑近了想探明究竟
我到底是不是她的同胞

2015

可爱的诗人

在长安诗歌节
最近的一场中
朱剑替失聪失语的诗人左右
朗读新作
左右恭敬递上自己的手机
人也凑了过去
朱剑看着左右的手机
用其沙哑的嗓音念道：
"这首诗的题目叫做
《我不泡这个女孩》"
话音未落
朱剑脸上便浮现出
色迷迷的笑容
左右脸上旋即浮现出
色迷迷的笑容
哦，以往也是这样
左右总是用表情
配合替读者的表情
于是他俩脸上
便同时绽放出
色迷迷的笑容

那笑容真他妈干净啊

我的心中一片潮湿

2015

在青海听我的首位英译者梅丹理先生
讲述他当年初读我诗的故事

那是在1994年

我从美国飞到台湾

在一座修道院里

给人做翻译

翻译佛经

在那里住了三个月

就在我快要住不下去的时候

严力从纽约给我寄来

你刚出版的诗集《饿死诗人》

那时我已经厌倦了佛经

连夜读你的诗集

感到大千世界

滚滚红尘

人间烟火

如此美好

次日一早

我就卷铺盖下山了

2015

上海的天空

到达上海的头天下午

在社科院

开了一下午研讨会

晚餐时进了另一幢楼

进餐过程中

我上了一回厕所

从厕所的窗子

看见上海的天空

正值黄昏

夕阳西下

红霞满天

那是不一样的天空啊

我的母亲

望着它长大

如今已经与它

融为一体

2015

第二卷

长诗

蓝灯

——致西敏（SIMON PATTON）

如今时光重现：
我们的灵魂欢跃怡然，
上帝的羔羊来到伦敦居住
在英格兰葱绿悦目的亭院。
　　　　——[英] 威廉·布莱克

1

西敏，亲爱的友人
近来我常常做梦
在梦乡之中重返伦敦
重享我们相聚的时光

梦中的人儿会飞
在泰晤士河上空飞翔
飞至伦敦桥
桥上有面墙
一面用来涂鸦的大墙

梦中的我
飞临半空中

手持喷诗筒
将本诗喷射其上

2

还记得在奥尔德堡
我说英伦的天像小孩的脸
说变就变一日三变

——此话也不全对
我们乘火车抵达伦敦的那天
这孩子就哇哇大哭了一整天

有了这场雨
伦敦就切近
我们想象中的伦敦了

如此说来天有情
这是为照顾两个异乡人的心情
下的一场及时雨

走出散发着工业革命气息的火车站
傻傻地站立在陌生街头的冬雨之中
一辆长着1930年代模样的出租车

戛然而止
停在眼前
仿佛黑白老电影中的画面

3

你的爱妻如影随形
仿佛已经加入到
我们的旅行之中——

她在南半球的澳洲
通过因特网
预订的旅馆

有着一个典型
英国味的名字
被你翻译成"郡"

我的翻译家
我想把它叫做"郡馆"
可以吗?

4

在紧邻"郡馆"
教堂门前石阶上

坐着一位女乞丐
是个老太太

她木刻的肖像
真像是耶稣·基督他奶!

5

我在笔记簿上写下:
"西敏来到西敏寺"

——在汉语里在中文中
此为天趣自成的一行诗

但如果译成英语
就会变得毫无诗意

看来某些诗意独属于母语

属于基因排列组合的奥秘

与某些诗人做得正好相反
越是走向世界

我越是不会丢弃
这类不可译的诗句

与母语的尊严无关
我在捍卫写作的真理

6

一步踏入雄伟壮丽的
圣保罗大教堂

迎头撞见的景象是
圣母玛丽亚怀抱着

在出兵丹麦的侵略战争中
命丧黄泉的两将军

一下子倒掉了
你我的胃口

猛然驻足
掉头而去

7

伦敦教堂
太高太大

高得像宫殿
大得像国家

惟独不像
教堂

8

隔着车水马龙一条街
遥望大英图书馆
透过明净的落地窗看见
卡尔·马克思
还坐在那儿苦读
还在用他的破皮鞋
磨损着资本主义的旧地板

我想问问这个徘徊在
欧洲大陆的幽灵
眼下的金融风暴
接踵而来的经济危机
是必然的吗?
我们——
该如何办?

9

再一次撞见
大胡子卡尔
是在大名鼎鼎的
海德公园
他正在小径上
散步和思考
追随其背影
顺乎其目光
望过去——

绿草如茵
浮云低垂
世界浓缩
成风景画
目力所及

尽在掌握
很容易对
世界远景
人类未来
轻下结论
大胆预言

10

同样是在海德公园里
一对老夫少妻的背影
一直走在我的视线上
挥之不去

令我回想起
咱们刚刚亲历过的
奥尔德堡诗歌节
老男人追求小女人的烦恼
成为英语世界的诗人们
一大趋之若鹜的热门选题
对此你颇为不屑

怎么办呢
偷懒的办法
是将之归咎给这个

不产大师的平庸时代
我积极的忠告是
诗歌终究不是英国
资产阶级花园里的下午茶

11

也许这就是他们
生活在此养尊处优的国度
最后的一点人生烦恼了吧?
诗也做到了真实朴素
不装B
但是啊——

大师还是要装一装B的
如果悲天悯人也叫装B的话
如果终极追问也叫装B的话
如果铁肩担道义也叫装B的话
如果敢为天下先也叫装B的话

大师就是从一群羊（上帝的羔羊）中
擅自走失的那一两只（不是领头羊）
站在无垠的荒原辽阔的旷野上
从喵喵转为嗷嗷
一声嗥叫

划破天空
前蹄腾空
站立成狼

12

我的翻译家
你说奥尔德堡
标准音译当为"奥堡"

这可就麻烦啦
因为伦敦的标准音译
就该是"蓝灯"
——多炫的名字啊

由此可见
人类的约定俗成中
包含着几多谬误和无趣
诗人与翻译家的天命
正在于重新命名

13

格林威治是伦敦

——哦不
蓝灯的一个区
因此
本地是地球的
零时区

因此
当我在诸多瞬间
在大脑里
将现在时间+8
就是在想家
想亲人朋友
顺带想起了
故乡和祖国

14

另有一些瞬间
亦会涉及到简单数学
譬如每次出手花钱
我都要在头脑中×10

在蓝灯那几日
人民币正在众币们的
阳痿中独自坚挺

但也挺不起中国
一个穷诗人的腰

每一笔花销
都令我心惊肉跳

15

蓝灯的夜啊
静得叫人睡不着

忽然听到
窗外有人在嚎叫

直扑窗口朝下看
但见一个酒鬼的

鬼魂正踉踉跄跄
横穿马路

空无一车的马路上
他显得分外孤独

妄图再被车辆轧死一回的
愿望未得满足

16

在蓝灯
我注意到
流浪者的形象
都像是北京
广场四周的
上访者

无产者的长相
超越了种族的
界限
长得竟像
同种同族同胞
仅凭这一点——

全世界无产者联合起来！

17

拒绝走进
大英博物馆
实属明智之举

一个中国人
一个澳洲人
会看到自己
国家的宝贝

在此展览
情何以堪

18

朋友
在奥堡
你对我说
他们听你讲话
以为你是英国人
我听罢很高兴
你的朗诵标准啊

但是在蓝灯
一个开出租的老头
一耳朵就听出你是澳洲人
亲爱的朋友
我一直想问
但又不好开口——

一个澳洲人
面对这块驱逐了
祖辈的原乡
究竟怀有怎样的心情?

19

望着蓝灯大街上
奔涌不息的人流

偶尔我会想到
正是他们的祖先
用隆隆的炮声
轰开了古中国的
朱漆大门

现在我不知道
应该怨恨他们
还是感激他们?

20

一个澳洲人在英国

看到的是悠久的历史

一个中国人在英国
看到的是现代的文明

还有一大区别
还有一大区别

你看英国人没感觉
像见到亲戚一样烦

我则因陌生差异而兴奋
是异种相见的正常反应

21

遥想当年
他们还笑中国人是蓝蚂蚁呢

在蓝灯人上下班的高峰时段
满街爬满密密麻麻的黑蚂蚁

你说得有趣：黑西装
是他们的工作服

一位身着裙装的窈窕淑女
从我们身旁嗒嗒扭过

肉色丝袜里修长的美腿
洋溢着蓝灯城最后一抹性感

那还是为四季如春的办公室
为讨好男上司而准备的

22

在黑压压的牛津街上
走来一个白衣胜雪的亚裔女孩
不知道中国的还是日韩的

她实在是太了解英国的黑了
知道如何轻而易举
便一枝独秀

东方人略带狡黠的小智慧
在她鸟儿般的小脑袋里
熠熠生辉

23

你陪我逛遍
牛津街的商店
只为买到
一双御寒的皮手套

我在北京的一个朋友
刚刚做罢手部手术
留下其手
是写诗写断的传说

24

在此琳琅满目的商业街上
甚少见到同胞的黄色面孔

在幽静的伦敦大学校园内
与我一样的面孔随处可见

这是否意味着：
中国大有希望？

25

在风景中
我总是看到
人的存在
在白金汉宫前的马路上
我看见一队
白孩子与黑孩子
手拉着手
有说有笑
横过马路
正在表演的皇家军乐团
像是在为他们而表演
从一个武装到舌头的
大块头巡警的步话机里
传出的英语
我听懂了——
"注意！前面
走过来两个男人！"

26

在蓝灯塔下

一名亚裔女孩
忽然口吐中文
请我为其拍照

我本绅士
在英国土地上
做得会更好
给人拍完照
还要请人家
到泰晤士河边
一起坐坐
喝杯咖啡

交谈之中了解到
她是中国大陆人
随其家庭
移民至匈牙利
现在布达佩斯大学就读
课业轻松
抽暇出来旅游

相谈甚欢
愉快分手
互道再见
你说你有点不解
她始终不肯讲她的中国来历

我则困惑于
一个正在读书的小女生
何以有飞来飞去
周游世界的经济实力

于是乎
我便杜撰出一个贪官污吏
携款携妻携女潜逃出中国
隐居于东欧的故事
讲给你听
意在向你炫耀
在诗人的身份之外
我作为小说家的才情

27

北京奥运一开
人人都会说"你好!"
全球掀起中文热

但是你说
他们可不是为了
翻译中国的诗歌
而是为了
跟中国人做生意

难怪咱们
在泰晤士河的游船上
邂逅的两位芬兰姑娘
名片上都印有
时髦的汉字

28

都说汉语与中文
是世上最难学的语言
所以我认定
汉学家都是人类中
掌握语言的人精——

梅丹理可与他的两任
中国前妻（一大陆一台湾）
连续吵架数钟头
丝毫不落下风
用的自是汉语
柯雷飞抵西安的第一顿饭
我请他吃羊肉泡馍
他当场便从女服务员口中
学会了几句西安方言
还有那个在西安工作过

至今尚未谋面的戴迈河
据说能跟卖烤羊肉串的小贩
用西安方言砍价

西敏，现在轮到你来秀了
坐在中国城的粤菜馆
你用粤语开始点菜
香港来的小妹
望着你这碧眼老外
有点发傻
忘了应答
是的，你会讲粤语
因在香港工作过
但对正在播放的
软绵绵的粤语歌
却不屑一顾——你说：
"在中文歌里
我只喜欢崔健"

靠！暗号对上了
灵魂又一次接上了头

29

还有更深入的交流

真朋友自会互亮底牌

说到死亡
你说好在我们还有漫长的日子

谈起信仰
不信上帝的你说："我们有诗！"

30

很遗憾
我在此次英伦之行中
见到的最冰冷的一张脸

依旧来自于我的同胞
来自于唐人街上
那个卖春卷的小姑娘

正如五年前
我在瑞典的经历一般
有所不同的是

那一张脸属于台湾男同胞
这一张脸属于大陆女同胞
唉！中国人看见中国人

还就是烦
诚如歌中所唱：
"有点烦……有点烦……"

31

还有更恶劣的一张脸
属于火车站管厕所的
那个脏兮兮的印巴裔老头

他用一个老出故障的投币机
公然多吃了我一英镑
还拒不给我吐出来

不知这件事
与后来发生在孟买的恐怖袭击
有没有联系？

32

白种人的冷脸
还真是少见

总算见着了一张
在蛋糕房
吃早点的时候
那位送餐的姑娘
冷若冰霜
一副爱吃不吃的模样

你说：她肯定来自于东欧
我差点被口中的蛋糕噎死
噢！地球人都知道啊
社会主义熔炉锻造无情的铁面

33

说起社会主义
令我想起了
同事中一位
坚定不移的
社会主义者
即便在中国
如此之人
也已罕见

金融海啸爆发
他有点幸灾乐祸

说是要瞧瞧
资本主义的笑话
"我早就知道
人类不能这么搞……"
听说我要来英国
他说："你给咱好好看看
资本主义如何崩盘!"

此刻我在蓝灯
资本主义的老巢
暂时还看不出
它要崩盘的迹象
何况现在要崩盘
也是大伙一起崩
因为早就绑上了
同一条贼船

34

少谈点主义
多吃点中餐
尽管它的味道
远不地道

这没办法

就算这儿的老板

舍得付高薪

将最好的厨子

从中国聘请来

将正宗的调料

自中国空运来

但水质会成为

最后的阻碍

最后的问题

对，是水——

水质的水

水土的水

风水的水

这就是为什么

侨民文学或旅居诗人

在这边越写越差的原因

即便是上个时代的摩罗诗人

不也已经沦落为

打磨玻璃纽扣的小工匠

特朗斯特罗姆说得好：

"厌倦了所有带来词的人，

词并不是语言"

——词是风干之物

语言则带有充足的水分

还有空气和阳光……

再好的中文也不能够脱离
庞大的汉语场而孤立存在
这就是为什么
我怀揣的护照不受待见
护照上的国籍遭人歧视
但我仍会视其为命根子的根源

中国——我诗的护照丢不了！

35

你两次说到"慢慢来"

第一次是当我感叹
英国随便一个家庭主妇
做的家常甜点都比中国
五星级酒店的面点师
做得好吃
你说："慢慢来"
我说："无所谓"

第二次是我们过街
一辆正在拐弯的大货车
紧急刹住
责任原本在我们

（因不习惯行车靠左之故）
可车上的司机
却向我们举手加额
敬礼致歉
我感叹说："在中国
不骂咱俩就算好的"
你说："慢慢来"
我说："谢谢你"

36

在蓝灯的大街上
那些逆着车流而上
以机器人僵硬的动作
执着跑步的人
在车缝间
脚踩风火滑轮
出生入死的人
被你称作"冒失鬼"

我感觉他们
都有一点仗人欺车
这里太把人当宝贝了
耳边想起莎剧台词：
"人类是宇宙的精华

万物的灵长……"
到了中国
他们就不敢了

37

从国防部大楼
到维多利亚女王纪念碑
戒严了——人过车留
英国人在纪念他们上世纪
所经历的两次世界大战
百岁老兵被轮椅推出
满身勋章
恹恹欲睡
一个身披米字旗的
滑稽小丑
上蹿下跳
指手画脚
一看就是好战分子
林立的纪念碑
都与战争有关
纪念战争中死去的妇女
纪念战争中死去的马匹
说明着一个穷兵黩武
军国主义国家的本质

面对游行集会的人群
你我反应各不相同
我是向前凑
你是朝后躲

38

到了英国
我才发现
我并不喜欢
国家意识太强的国家
在中国时
我却是个毫不含糊的
爱国主义者
距民族主义
国家主义
只有咫尺之遥?

也许
一个崇尚个人主义
追求自由主义的诗人
终将成为一个
无政府主义者?

39

我左鼻孔中
北京奥运的烤鸭味
尚未散尽
我右鼻孔中
已经窜入了
蓝灯奥运的牛排味

那边将体育场
筑成钢铁之巢
把人民当作鸟
这边将体育场
盖成金属之碗
将人民当成饭

40

在海德——哦不
是肯辛顿公园里
我们看见了
冬日的玫瑰
最后的玫瑰

有点卷边

依然娇艳

格外养眼

亲爱的友人

你能否告诉我

这是为什么

这种西方诗歌中

常开不败的花儿

一旦移植到汉诗中去

立马就会变成塑料花

假得要死

41

面对蓝灯景物

我不止一次地想起

十多年前

一位明明是奔着远大前程

哭着喊着跑来却诈称"流亡"

到此的中国诗人

写下过一组伦敦诗章

我发现他不论写什么

都写得满不是那么回事

问题出在哪儿呢?
现在我整明白了
他望着眼前景物
还在拼命想象
他之所谓"想象"
不过是想起了
从前读过的书
他之写作不过是在抄书……

这就是中国式"知识分子写作"

42

傍晚时分
我们跑断了腿
还是找不到一家
富有本地特色的个性餐馆
除了星巴克
就是麦当劳
除了麦当劳
就是肯德基
还有一种更加简明扼要
直接就叫EAT（吃）

最终我们走进一家匹萨店

（因你学生时代曾在匹萨店
打过工的情结使然）
坐定之后才发现
还是连锁的
全都连锁啦
全世界都他妈连锁啦
全人类都狗日连锁啦
你为照顾我这个四川生的鬼
顽固不化的味觉
所点的一块取名"魔鬼"的
特辣型匹萨
竟然有着一丝平庸的甜……

我忽然品出了英语诗歌的弊端

43

夜幕降临

酒吧爆满

餐馆冷清

蓝灯闪烁

44

关关雎鸠
在河之洲
窈窕淑女
君子好逑

你在奥堡演讲时
本想叫我站起来
为观众朗诵该诗
后来怎么又忘了?

同为男人
同为君子
我们忘了交流
英国妞长得不错

说话悦耳
形象端庄
气质高贵
你说是不是?

45

站在泰晤士河畔码头上
航船人满为患
游船迟迟不来

一个黑人警察说：
一列火车在今晨出轨
上班族只好改行水路

令我一下子
想到了人类
当前的处境

46

金融风暴来了
经济危机到了
1929年的大萧条
是否将会卷土重来？
这浑浊的泰晤士河里
是否还会被资本家
倒进牛奶？

我们站在码头上
像两只在冬日
凛冽的寒风中
瑟瑟发抖的落汤鸡
茫然不知所措

47

有一件事
像则笑话
与英国有关
若干年前
我妻子将一笔钱
交给一名炒股专家
专家说：放心吧
不出几年
给你儿子
炒出一笔
出国留学的学费
妻子想送儿子
来的正是英国

几年之中
那笔钱像大雪天里

滚雪球似的
越滚越大
越滚越大
越滚越大
大如希望
到了今年
仿佛遭遇
赤道上空的烈日
被突然晒化
连原形都未留下

48

朋友，有个真相
当着英国友人
我不好意思说破
与大多数
住在城市里的
中国人一样
我和妻子做了房奴
也就是房子的奴隶
用两人半生积蓄
买下一只大耗子
银行里几无存款
签证时便遇麻烦

事实是
我拿不出一宗
大额存单
来交给签证官审验
这才是麻烦的关键

世界不相信穷鬼

49

山雨欲来风满楼
今朝有酒今朝醉
朋友，在蓝灯的
这一堆老建筑中
我最喜欢大本钟
觉得它像
我的大雁塔
庄敬自强
我自岿然不动
看过《三十九级台阶》吗
哦，没有
那是在中国的开放初年
我所看过的一部英国影片
从中初识大本钟
那不过是一部谍战片

我还通过一部侦探片
(《涉过愤怒之河》被译成
平庸的《追捕》）
见识了东京的银座
可不要小觑这些娱乐片
对那一代"文革"中长大的
蒙昧的中国孩子来说
实施过文明的启蒙

50

老狄更斯笔下的伦敦
是我心中最初的蓝灯

雾都孤儿
孤星血泪

那个命揪我心的孩子
他的孙子

都已经不在人世了吧
他在遥远东方的同龄人

方才姗姗来迟
到达此地

51

吉人自有天相
从一场冰冷的冬雨
开始的蓝灯游
接下来赶上了
两个艳阳天
遍地都是阳光
到处都有温暖
叫人感觉狄更斯
这位现实主义大师
竟然写得不像
或许原本就是
他那阴郁的笔调
只是来自于
他内心深处的阴郁?

52

莎士比亚圆形剧院正在翻修
谢绝参观

幸好还有威廉·布莱克墓碑

可供瞻仰

墓碑上赫然写着：
"此处躺着一个人的骨头和灵魂"

好一把骨头
好一颗灵魂

犹如镇物一般
压在我的心上

让我休得轻狂
让我心静如泰晤士河持重的水流

在布莱克生前不受待见的国度里
我们赢得的那一片掌声未免可疑

53

黑水流淌的泰晤士河
让你想起了你的家乡
布里斯班清澈的河流

在昆士兰大学有课的日子
你是坐着轮渡去上课的

你说那个感觉真好
所以你不开车

而我一个大陆之子
干脆说旱鸭子一只
实在是无河可念
所谓"八水绕长安"
所谓"长安水边多丽人"
不过是尘封的线装书里
残存的一段美丽传说

54

泰晤士河上的夜行船
让我们见识了蓝灯
在夜里的妖娆
此刻伦敦
真成蓝灯
如果不登临此船
我们只能领略它美的一半
这令我不免遗憾
我们没有买到
阿森纳–维根的英超球票
未能与大名鼎鼎
又臭名昭著的英格兰球迷

坐在一起观球——就等于
只了解它的一半
没有去看一场火爆的
英伦摇滚的现场演出
也只了解它的一半
就留到不知何年何月的尔后吧
不知命中还有没有这样的良缘？

55

"我是谁？
这回冒充的是哪个王八蛋？"

以上这句
你读不懂
因为此行当中
我压根儿就想不起来
将一个典型中国式
荒诞笑话讲给你听
因你比谁都更知底细的
我在去年的荷兰之邀而起

当然，此次在英伦
我也不曾真的扪心自问
（想都想不起来啊）

写在此处
只是为了向那些
躲在阴暗处的
卑污的丑类
挑衅——

"我是谁?
这回冒充的是哪个王八蛋?"

56

离别突然降临
就在一周前
你接我的希思罗机场
我飞北京转飞西安
你飞香港转飞布里斯班
都是向着东方飞
都是飞向中国啊
在分手的时刻
我嘴上说出的话
不是我心里想的
心里想的
当时忽然忘记
现在重又想起——

我想对你说：西敏
我会把诗做得像
你最喜欢的中餐那样好吃
最地道最绝活的中餐
独此一家、别无分店、拒绝连锁

57

在格林威治的下午
走向希思罗的黄昏
望着"日不落帝国"的太阳
早早地没辙地落了下去
晚霞如圣火点燃漫天扯絮

在迷宫般的候机楼里
我忽然迷失
我瞬间失忆
懵懵懂懂跟随一些奇形怪状的人儿
登上一架飞行器

待它拔地凌空而起
我方才恢复神志
透过舷窗望出去
只见一只无形的泼墨巨手
已经泼黑了天空和大地

我伸着脖子想再看一眼——

哦！蓝灯！蓝灯！
我确实看见了你
在黑暗大地上变成了
一个又一个神秘的麦田圈
令我惊出一头冷汗
猛一侧脸——

但见前座上的那位乘客
对着舷窗吐舌头扮鬼脸
丑陋得像个小鬼
我赶忙环顾四周
举座皆是这等鬼儿

"外星人！外星人！
我们这是飞向哪里去？"

2008——2010

第三卷

文选

饿死诗人，开始写作

"饿死诗人"的时代正在到来。

这时代给我们压力，"压"掉的更多是坏的东西。遗老遗少们在感叹和怀恋……

从来就没有过一个文学主宰的时代。凭什么非要有一个文学主宰的时代？

有人讲的"汉诗"是否真的存在？"汉诗"和"纯诗"正在成为一种借口和企图。

我在写作中对"胎记"的敏感，竭力保留在对自己种性中劣根的清除。"人之初，性本善"，我在诗中作"恶"多端。

意象和隐喻内在的技巧规律，使我同胞中绝大多数同行找到了终生偷懒的办法。这种把玩，与在古诗中把玩风花雪月异曲同工。

到处是穿长袍马褂的"现代派"和哭错坟的主儿。口语被用来讲经。

把语言折腾成"绝词"，不是才能的表现。把一首诗写得"像诗"是失败的。"诗"和"诗的"是两码事。

没脾气的人，被认为是"纯粹的诗人"。"心平气和"成为一种风度——太监风度！

喜欢维持秩序的人，是既得利益者。他们怕"乱"。

我看到邪念丛生，冠冕堂皇，想当"大屎（师）"是最致命的邪念。

大师永远是过去时的。一座墓碑上面写着"致此为生"。

在细节上作永久性停顿再节外生枝，是我们祖传的毛病，根深蒂固。

中国人真是"嘴上说的与手上写的不一致"的那种人吗？

必须抛弃鸡零狗碎的玩意！让诗歌进入说人话的年头。压力不是坏事。

站在原地思考诗歌的"终极意义"是无聊的，到尽可能远的地方去。到极端上去。

诗歌进入后现代，也仍然是和灵魂相关的东西。

诗歌是智力的，也是体力的。

在今天，诗歌和艺术是自我解放的最佳方式。

无法像人一样生活，但可以像人一样写作。

如果叛逆是气质上的东西，我对之迷恋终生。我不知道反对谁，只知道反对。

举头望天不代表你就能飞起来，锅碗瓢盆也不是真正的"平民意识"。

所谓"真实"需要对真实的想象力。口语不是口水和故作姿态。

从"形而下"到"形而上"是一个过程。

我已"自在"，您认为我在"反讽"，我认为我在"反反讽"。

我不是在"改写"着什么，我是在"写"。

"玩"从来都是严肃意义上的，是写作的至高境地。有人永远不懂。

后现代首先是一种精神，一种人生状态。无章可循，无法可法，它排除不"在"的人，所以有人害怕。

有就是有，无就是无。不存在"有多少"。

在写作中"淫乐"，玩得高兴，别无替代。

我不为风格写作，风格在血液里。

割舍掉这个时代正在发生着的一切是愚蠢的。在这最后的居留地，逃绝没有好下场。您又能"隐"到哪儿去？

"写什么"仍是重要的，因为对你所看重的"写"来说，很多事无关紧要，都是皮毛。

甭扯"世间一切皆诗",在最容易产生诗歌的地方——无诗。

把瓷器打磨光滑的活计,耗费了多少中国诗人的生命。让石头保持石头的粗粝或回到石头以前。

把诗歌搅"活"。

走向后现代之路同样是"追求真理"之路,但它可能不是有人说的那个"理儿"。

后现代已不"先锋"。进入不了后现代就是进入不了当代。

到语言发生的地方去。把意义还原为一次事件。

我写我现在进行时的史诗 ——野史之诗。

一首具体的说人话的诗。

我不为"人民"写作,但我不拒绝阅读。

我没有耐性去等某些人的观念跟上来。我相信我的诗同样会对他们产生效果。起码是生理上的效果。我不拒绝误读。

诗人和国王并举的时代是糟糕的时代。

多么来劲!诗歌与人们"柏拉图"了很久之后,正欲"施暴"!

"饿死诗人"的时代正在到来。真正的诗人"饿"而"不死"!

也许,"后"不"后现代"是次要的,我只想满足我自己也给你一个刺激!

为阅读的实验

我们曾经将朦胧诗之后的诗歌称作"实验诗歌"。"实验"是80年代中后期中国现代诗的一个重要标志。进入90年代以来，诗人们面对"实验"所持的热情大大减弱了，这种"自敛"情绪的产生是否与对"运动情结"的清算有关？如今是大谈"建设"的年代，作为对生理年龄异常敏感的种族，中国诗人们强烈地意识到了"世纪末"的来临，面对诗歌则转向对"成熟"的期许，急于"收获"的心情溢于言表。这一代（俗称"第三代"）诗人大多正处于"三十而立"到"四十不惑"之间，传统经验中年龄的闹钟在提醒他们：把个人的生理年龄与写作乃至整个现代诗的发展进程结合起来，使之同步。这种做法的功利目的姑且不论，对创造力的自我阉割却是有目共睹的。而对"建设"一词的理解也被庸俗化了：似乎"结构"是"建设"的，"解构"就是"破坏"的；"抒情"是"建设"的，"反讽"就是"破坏"的。这种无知的曲解已成为普遍现象。似乎从未有人认真考虑过"建设"一词的真正涵义，这里不是在谈"民用建筑"，在艺术上"炸药"与"钢筋水泥"的意义从来都是一样的，一切全看它们的当量。在今天，以道德的口吻来谈论诗歌已经成为一种风尚，如果在诗中不使用一种圣徒的语言就会被视为"不洁"。"严肃"已经被演绎成一种单调的语气，"实验"早已被看作一场"玩笑"，一种"幼稚的表现"，似乎它只能是"运动"的产物，是青春期的"病"。

"第三代"诗人的精神气质和对艺术的认知总体上是属于现代主义范畴的，这从他们在80年代中后期所作的"实验"就能够看出来，这个根据是可靠的，因为"实验诗歌"更多一些理性之光的反映。纵观这一时期名目繁多的"实验品"，可以发现它们近乎一致之处都在于："实验"是以牺牲"阅读"为代价的，这造成了"实验诗歌"与"常态诗歌"的分离。有人把这一时期的"旗号林立"归结为"运动情结"至少是过于简单了，这不是诗歌内部的"谈法"。当一首诗失去了阅读价值之后，如何体现它的实验价值呢？只好依赖于理论的提示和符号的应用。这一时期影响最大的诗歌流派当属"非非"，它的重要性更多体现在其理论的完备和实验的展开上，而对一般读者而言，"非非"诗人（杨黎等个别人除外）的可读性极差。它正是以牺牲"阅读"为代价来实现其"实验"的极端性的。这一时期诗人的形象都是身着白大褂、埋头在语言实验室中的"实验员"。这种"实验"的自足性很差，诗人们需要靠两只手写作才能取得平衡：一手写"实验诗"，一手写"常态诗"，"实验"的成果无法自己受用，作用于"阅读"，而如果它仅仅是为了开启后来者的心智，那"实验诗人"就真的变成"实验品"了。

我在1988年真正开始进入写作的时候，首先面临的正是这样的困惑。一方面，"实验"的诱惑力是巨大的；而另一方面，我又不希望自己的作品无法"阅读"。我深知这离我最近的问题正是指向未来的路标。"为实验而实验"的写作年代已经结束了，当"实验"不再作为一种姿态而被人摆弄的时候，真正的"实验"才有了可能。我力图在生活／在生命中寻找"实验"的契机，寻找理性转化的契机，最终消除"实验诗"与"常态诗"的界线，让实验／再现合一，1991年，当我写出《结结巴巴》的时候，我感到这种努力是完全可能的。

结结巴巴我的命

我的命里没没没有鬼

你们瞧瞧瞧我

一脸无所谓

"口吃"这一特殊的生理现象，使我看到了语言面临的处境，这里既有言说的困惑，又有因此而带来的新的问题。旧有的业已习惯的语感模式被打破了，因"口吃"这一契机而形成的新的语感带给人全新的体验，这里非但没有拒斥阅读，反而加强和刺激了阅读的快感，有人发现了它对阅读所持有的某种"强制性"：在阅读过程中你就是那"口吃"者，多读几遍自己就真的有点"结巴"了！这是新的语言方式所蕴藏的魅力，令人上瘾。诗评家陈仲义称之为"摇滚诗"，我想它能够给人"摇滚"的感觉全在于激发了语言自身的律动性与节奏感，是对"语感"强化的结果。一位摇滚歌手兴奋地为它谱了曲，在我看来，这是语言对音乐的激发，可以视之为语言的胜利。这迥异为摇滚音乐"填词"，"歌词"是没有灵魂的，"歌词"的灵魂具体地附在音乐身上。《结结巴巴》的写作首先给我自己带来了莫大的快乐，我尝到了写作的自娱性，更坚信了"实验"应是一件快事，语言的探索其乐无穷。

也是在这一年，在《结结巴巴》之后，我完成了《实录：非洲食葬仪式的挽歌部分》：

哩哩哩哩哩哩哩

以吾腹作汝棺兮

哩哩哩哩哩哩哩

在吾体汝再生

哩哩哩哩哩哩哩

以汝肉作吾餐兮

哩哩哩哩哩哩哩

佑吾部之长存

　　该诗的写作，回答了某些朋友的"断言"：《结结巴巴》只可能出现一次。我相信正如我对"口吃"的发现一样，我也会在生活/生命中发现新的契机。非洲部落歌舞中单调的发声和《离骚》的楚辞语体构成了我所展现的"食葬"，这里的"形式意味"不用多谈，而我确实经历了一次语言的狂欢，这个"仪式"肯定是为语言所设计的，在"食葬"中吃下去的肯定是语言！长久以来，我对"第三代"诗人对"语言狂欢"的狭隘理解已经感到厌烦——那又是一种对阅读的拒斥吗？蓄意制造混乱毕竟是太容易也太简单。

　　北岛的那首"一字诗"——《生活》（网）一直令我难以忘怀而又不能满意，我试图写出一首"无字诗"，后来我写成了《老狐狸》的初稿：除了标题，下面未置一字。我在重读时发现了它的"尾巴"——人为的痕迹太重！于是，我在修改时在"空白"的底端加了两行字的"说明"——"欲读本诗的朋友请备好显影液在以上空白之处涂抹一至两遍《老狐狸》即可原形毕露。"这个"说明"却令此诗取得了意想不到的"收获"，不下五位读者真的动用了显影液，自然他们一无所获、大呼"骗人！"我的回答是："老狐狸是不容易被抓到的。"何谓"行动的诗歌"？我想这就是吧。读者的参与和我共同完成了它。文本自身的力量调动了人的"行动"。而在今天，在"拯救诗歌"的旗帜下，无知者对"行动"一词的理解已经简单到走上街头去朗诵……

　　我不为读者写作，但我不拒绝阅读，更不拒绝误读。我的实验是为阅读的实验，目的在于激活诗歌。无论是个人还是一个民族的诗歌写作，勇于和善于实验肯定是它的生机所在。躺在旧有的形式之上企图通过"集大成"的方式来达到的"成熟"是濒临死亡的"成熟"。今天，当我的作品被"指控"为"后现代"的时候，我未予拒绝的根本原因正在于我所理解的"后现代"首先是一种精神、一种人生和生命状态，它所带来的新的技巧、新的形式正是这种精神的具体呈现。在最后这首《致命的错别字》里，我想告诉人们的是，即使是"解构"（有人理解的"破坏"），也是需要智力的。我把它留给在今天对诗仍然没有失去信心的读者朋友，他们与"快乐的阅读"真是久违了！

> 我看见鹿群狂奔
>
> 如丧家之犬
>
> 西沉太阳突然停顿
>
> 云彩坠落
>
> 一记山盟海誓的怒吼
>
> 来自河的对岸
>
> 草原深处
>
> 大地中央
>
> 在小鹿颤抖的目光上
>
> 一头虱子金发飘扬
>
> 兽中之王正在起床
>
> 随便打了一个哈欠

三月的母亲挽歌

T.S.艾略特在其《荒原》一诗的开篇写道:"四月是一个残忍的季节……"他说的是"四月",我的母亲没有等到那时,她将这份"残忍"提前了,在那一年的3月11日深夜那个沉痛的时刻,她撒手而去了!

她是因尿毒症晚期的多种并发症而去的,最终死于呼吸衰竭。在临终前长达两天两夜的深度昏迷中,医生已经通知了父亲:这是她的弥留之际。她若有所期,我们以为她是在等待着什么,直到最后一刻来临我们才知她只是等我和妹妹从家中取来上路的衣服,等我们匆忙推开急救室门的那一刻,她咽下了最后一口气……

我是第一次亲眼目击心电图监视屏上的规则曲线是如何跳乱了,然后变直,那代表一个人心跳频率的阿拉伯数字是怎样变为0的!在这座城市生活二十多年以后我第一次来到了它的火葬场,第一次来此便是为了送走老娘!在母亲的追悼会上,作为儿子我代表家属致辞,我以让自己也感到陌生的声音说着她的往事、她的一生……

四十年前从上海到西安的火车要走近四十个小时。四十年前抵达西安的火车上坐着一位年仅十七岁的上海姑娘。她怀揣西北大学生物系的录取通知书,唱着自己喜欢的一支苏联歌曲,来到了一般上海人会带着怯意说出的地方——"西北"。四十年前参加高考的人不论是在第几志愿填报了地处西北的高校都会被当作第一志愿优先录取——这是"支援大西北"的另一种形式。当年高考志愿书上第三志愿最后一栏所填的内容。决定了母亲一生的道路和归宿。那时她成分不好的家庭,已不能够为这位自小在枫林桥的花园洋房中长大的女儿提供任何庇护。

在我和妹妹童年的记忆里，母亲常常不在我们身边，在我们印象中她总是不断地出差出差，经常把我们寄养在几户亲戚和一位以带小孩为生的老奶奶家中。那时年幼的我们并不知道她常年在外忙些什么。那时年幼的我们总是在天气晴好的日子向着南面的地平线遥望。秦岭的远山清晰可见，我们在盼着她回来……如今她一去再也不回，我们仅是从悼词上才得以全面了解她一生的工作。母亲的事业是踏遍青山的事业，三秦大地的山山水水耗尽了她原本虚弱的身体也收留了她坚强不息的足迹。她不到花甲之年便去了。父亲说，如果当年母亲不离开上海的话，今天也不会去得这么早。我们说，如果母亲不选择这个有损健康的职业，她也不会走得这么快。但这只能是一种假设，因为对母亲来说，这是她至死不悔的选择，直到弥留之际，她仍在念及当年从事过的"胚胎移植"研究，已经不大清醒的她以为那些胚胎就繁殖在自己体内……我自认为是一个热爱并可以为事业献身的人，在这样活生生的情节面前却无话可说，激动得难以自抑！我是在《人到中年》那篇小说中开始意识到如我父母般的这一代知识分子的存在的，所谓"价廉而物美"的一代人。母亲是他们中的普通一员，她平凡而朴素的一生实践并完成了他们这一代人的生活理想和人生承诺。有诗云："死去何所道，托体同山阿。"——母亲是担当得起的！

母亲把生命的一半交付给她的事业，也将生命的另一半留给了我们这个家。在繁重的工作之余，她从未放弃过家庭的责任。她是母亲——我们的生身之母——我们生命的创造者，生下我们就已经严重损伤了她本来就病弱的身体，而抚养和教育我们长大成人则耗费了她毕生的心血和精力。母亲最后所患的是一种俗称"肾癌"的绝症，她知道属于她的时间已经不多，她打光了家里所有的毛线，为每个人织了不止一件毛衣。母亲最后的爱都被她一针一线地编织到这些毛衣中去了，带给我们永远的温暖。在母亲生命的最后两年中，最快乐的事莫过于她心爱的孙子伦伦的降生，她曾说过，作为奶奶，她这一辈子也算对得起这个孙子了。是的，她可以安心地走了。走得问心无愧！人常说：做女人累，做个事业与家庭兼顾的女人尤其累。母亲太累了！面对这双重责任，她从不后退，一心一意考虑的只有承担。母亲是个完美主义者，历来追求完美者都要付出代价，她付出的是退休之后便可以安享的晚年！

母亲去了！她是没有福气的吗？她的福都被用在走得过快的历程中了。在最后的时刻到来之前，母亲说，她一生最成功的是她的婚姻。以她或者说她们这代人的语言习惯，我明白她所说的"婚姻"二字中包含着"爱情"。母亲毕竟是女人！有了这份满足感，她的一生便被幸福之光所照亮；带着这份满足感，她离去的神态才那般安详，和睡着一样……从发现患病到最终离去，在前后近四年的治疗中，母亲始终拒绝换肾或透析的疗法。最后，她对父亲说："我不希望在我死后你变成一个穷老头……"母亲是在用自己的生命为自己内心最珍视的一切做着最后的抵押！

母亲去了！生我的女人已离开了这个世界。我生命中最温暖的一种感觉从此将不再拥有。那些日子，我想着她给予我的——使我体魄强健心志高远地在这世上生活和写作，我自视很高的写作从大体上说肯定属于北方的天空和大地，属于我后天生长的空间和父亲般男子汉的气魄和意志。可我深知，如果没有母亲的血在我的血管里流淌，我的写作将缺乏智慧之水的滋润，它趋于智力倾向的另一极便无从谈起。妈妈！您生前曾多次说过，我待人的温和、生活中的好脾气像您。其实我像您之处又何止于此？您了解您不懂谦虚的儿子，他因自己的优秀而认定您的伟大——这样的出发点和角度您接受吗？妈妈！

那些日子，我也满怀羞愧地想着我曾给她的——清贫的日子让我自顾不暇，物质上根本无从谈起。我知道她一直为我骄傲，这种骄傲是天然的，是每个母亲都会因自己的儿子而拥有的那种骄傲。有一次父亲开玩笑说："你怎么生了一个诗人？"母亲笑了——那种笑容我难以描绘。母亲爱听我吹牛，主要是吹自己，她对我一直是——用父亲的话说是"迁就"，用舅舅的话说是"容忍"，"迁就"而又"容忍"我的母亲呵！您已经带走这一切！在而立之年到来之前，我已出版了两本诗集。那应该是非常不错的两本小书，母亲说她"不懂"。我近两年大量发表的文化批判随笔——那些惹是生非的"骂人文章"带给她的只有担心，我写诗为文的生涯一直让她担惊受怕！我开始发表小说了，最初的几个中短篇发出之后，一生爱读小说的母亲却因白内障手术住进了医院。在她生命的最后两个月里，她知道我在写作一部小长篇，为了确保这部小说的进度我过年没怎么陪她。那是她最后的一个春节，每晚与小孙子玩至筋疲力尽。3月10日凌晨，从医院回到家中的我为这部小说画上了最后一个句号。3月11日夜11时5分，母亲永远离开了我。她说过，等我写完她一定要看看这部小说的。她是在等！她在等她的儿子把一部可能狗屁不是的东西写完。她这一生都是奉献的命！成人之美的命！

作为一个写字的，自己的作品永不能为母亲所读便是我的命吗？我得认这个命吗？那些日子，在从窗子照射进来的散淡的阳光中，我重读着艾伦·金斯堡的《卡第绪——母亲挽歌》："圣洁的母亲，现在您在慈爱中微笑，你的世界重生。在蒲公英点缀的田野里，孩子们裸着身体奔跑/他们在草地尽头的李子树林里野餐，小木屋中，一个白发黑人讲着他的水桶的秘密……"当代中国大概只有我能理解写出了伟大《嚎叫》的金斯堡为什么还能拥有这样一首《母亲挽歌》——这种个人的朴素的带着神经疼痛的诗章只有在我眼中才被视为伟大史诗的正路！"旗手为什么歌唱母亲？"我不知道。诗人为什么歌唱母亲？我是知道的。可是我无法写成一首诗，我深知我的诗在今世无法通达母亲的灵魂，我只写了——写了这篇言不尽意的散文。在母亲离去后的一个月，我的灵魂导师金斯堡也离开了这个世界。我想这是上帝为我安排的命运的一部分，在那一年的春天。

母亲陷入深度昏迷的那个下午，我独自一个人守在她身边。窗外变天了，开始下那场后来断断续续持续了半个月的冷雨。在最后的清醒中，她说了很多话，对父亲、对妹妹、对她的儿媳和爱孙，她对我都有所交待。病房里很暗，我听着她的话，来不及去开灯，母亲并没有忘记我，她最后一句是留给我的——母亲的临终遗言永远是母亲式的——或者她是代表上帝要把一切说破？

她说："你的思想不合时宜。"

1997

有话要说（第一辑）

一位美国诗人（请原谅我未能记住他的名字）把诗歌在当代日常生活中的作用概括为"便条"。这是迄今为止我所听到的关于现代诗歌最懂行和最具发现性的说法。你可意会，我不能依照我个人的理解去发挥性地阐释它任何一个字。

不是怕被读者漠视——这完全是另一个话题。我只是有些担心，中国的诗歌已被中国的文学艺术的整体所抛弃。因此我暗藏一个小小的愿望，愿意以诗人的身份与同时代最优秀的小说家、摇滚人、前卫画家、行为艺术家、实验话剧和地下电影的导演……把东西搁在一起，比一比哪怕是最外在的一点小聪明呢！

台湾诗人痖弦在评论另一位台湾诗人商禽时说："我觉得每一位作家都应该是一个广义的左派。"我抄录这句话是因为我认同这句话。但我拒绝抄录他对这句话的论证。这句话不大能够经得住论证（世间很多很对的话都是如此），只是它本身很好地说出了我的一种直觉：关于一个作家的基本立场。

我的语言是裸体的。别人说那是"反修辞"。

十年后，回母校朗诵。本来应该是个节日。那么多有名有姓的诗人欣然前往，这在我们上学时的80年代也不曾有过。我当然知趣，懂得场合，准备读两首情诗了事，可没架住几位小师弟的一把哄，他们鲜明地追求着伊沙式的生猛（北师大的传统?），让我不好意思不拿出点真东西。结果是我一读诗，三十余名女生和个别男生相继摔门而去。雨夜，砰砰的摔门声，女生们愤然离去的背影，诗歌构成了一种伤害、一份刺激、一个挑战。一位别有用心的小诗人在报上发挥说，我欲"北伐"，结果"盘峰落马"又"兵败母校"。他不知道那是我诗歌生涯的辉煌之夜——除了我，没有人会有这样的效果。母校，我从来就没想着也永远不会德高望重地归来！

风格善变的诗人要么天生具有戏子的品格（诗歌写作中最要命的一种"品格"），要么就是彻底的不成熟。庞德所说的"日日新"要慎解。

语言的似是而非和感觉的移位（或错位）会造成一种发飘的诗意，我要求（要求自己的每首诗）的是完全事实的诗意。在这一点上，我一点都不像个诗人，而像一名工程师。

诗是四两拨千斤的事，有人理解反了还振振有词。

出诗集是一件挺残酷的事情。我不是指它在今天基本已成为自费运作的形式——诗人们抽自己物质的血输给精神的局面。我指的是它那永恒的残酷性：当集子出版，你这一阶段的写作就被宣判了，被宣判的是岁月，是你永不再来的一段生命。

做一名伟大的诗人——不！还是做一名杰出的诗人吧！

台湾诗歌界有一点小小的得意洋洋，他们为大陆诗歌界至今仍习惯把"诗"称做"诗歌"而得意洋洋。我劝他们不要那么得意洋洋。当年，他们去掉一个"歌"字而把"诗歌"直指为"诗"（他们爱说"现代诗"）之时。其实是并未意识到"歌"在"诗"中的意味与作用，他们简单地以为"歌是歌，诗是诗"，并未意识到声音（而不是词语）才是语言的本质。这就是为什么台湾诗人一般语感较差，词语堆积的毛病比较普遍的原因。

"嬉笑怒骂，皆成文章。"——难道诗歌可以除外吗？凭什么?!

艾伦·金斯堡读不懂北岛的诗（主要指后期的）；北岛也读不懂老艾伦的诗（亦指后期的）；昨晚与于坚通话，于坚说近期他收到了大量的诗歌民刊，上面绝大部分的东西他都看不懂……当一位真正的诗人进入到阅读时，他最先表现出的品质就是诚实。

读一位女诗人印制漂亮的诗集。从独白到独白，让我觉出了单调也感受到疲劳，谁说普拉斯已被还给了美国？独白只是方式的一种，但在许多诗人（尤其是女诗人）那里它变成了方式的全部。所有的东西能被写出来肯定已被"我"感知到，但不必事事都要回到"我"心里才能得以表现。独白，主观而自恋，难怪女人们喜欢……

读一个诗人的诗，一方面对他的文本有期待，另一方面我想看到他文本背后的生活，后一种愿望近期愈加强烈，我反过来提醒自己的诗。

如何在诗中用力？让力化为气，灌注在你的诗中。反过来，读者会从你的诗中读到一股气，充满着力。

有人以为口语诗很简单，提起笔来就能写，还说出什么一晚上能写多少首之类的鸟话。我所看到的事实是：正是那些在观念上反对口语诗的人在用他们的偶作败坏着口语诗。语言上毫无语感，回到日常却回不到现场，性情干瘪，了无生趣——所有口语诗的要素皆不具备，像一群大舌头的人。

"口语不是口水"——这话已在局部流行，说起来我是这话的一个发明者。现在我想修正这句话：口语不是口水，但要伴随口水，让语言保持现场的湿度，让飞沫四溅成为语言状态的一部分。

从语感到口气。从前口语到后口语。从第三代到我。

说话比写作自由。通过写作达到的"说话"，使自由有了明确的方向——一个面朝写作的方向。

结石往往是缺乏运动造成的。这是来自身体的经验。汉语是容易结石和充满结石的语言，高度词语化和高度文人化的语言，正是因为长期以来缺乏作为本质的声音的流动造成的。从词语到词语相较于从音节到音节，不是你的特殊性，是成堆的文人把你变成了一种异化的语言——堆积的词语，于现代诗而言是二流语言。没出息者将继续在这个层次上玩下去。对母语有抱负的诗人将改造它，将其从词语的采石场中拉出来，恢复其流水一样的声音的本质。

写诗用减法，写小说用加法。

真正的诗就是要激怒知识分子——这话我说的，于2000年的中国。

在北京的饭局上，李亚伟对几个"知识分子"诗人说："你们是学而知之，我是生而知之。"于坚听说这一情节后发挥说："诗，就是生而知之。"我佩服亚伟的生命直觉和于坚的理论敏感，好诗人绝不是糊里糊涂就给蒙出来的。

当一个诗人变得只对女人抱有激情时，他最后的那点激情也无法生效。

有人注意到我近年诗作的"沉重"——那更多属于情感和内容的范畴；但似乎没有人注意到我已愈加"轻灵"了——总是这样：语言和形式上的变化似乎无人在意。

就算你是从身体出发的，那就往前走，一直走下去，走到语言的深处去——其内部的万端奥秘正在等着你！走不下去的人，徒有赤裸之身，或反身投靠文化。

有人直言：我的诗歌有道理。我想对他说的是：你诗歌最大的问题就是道道太多，弯弯太少。一首真正的好诗的完成过程，应该是一次目的地明确却又不断出轨的旅行。

一位相熟的评论家好心地奉劝我说："你不要动辄就和人吵，不要轻易卷入文坛争斗，安下心写点大东西出来吧!"我先不管他所谓"大东西"是不是我想追求的那一种，或者不论我最终要不要写所谓的"大东西"，要写的话也该是怎样的"大东西"? 当时我只是对他说:"就让我积攒一点恨吧，就如同积攒一点爱，我们的生活太平淡了，我想让写作因此而受惠。"——这是一个简单得不能再简单的文学常识，但从他的表情反应上看，他未必真的听懂了。就如同我在两年前的龙脉诗会上发言说:"我就是天生地仇恨知识分子，就像两种不同的动物，在森林中相遇彼此一闻气味不对所激起的那种仇恨，我珍惜这种仇恨!"从此连对我有过知遇之恩的某些好人也开始躲我了。

因为有自我命名的"下半身写作"，所以一位资深诗人在与我交谈时，把一位吃斋念佛禁欲的青年诗人的写作称为"上半身写作"——当时我哈哈大笑，我以为有趣的地方在于他们各自存在的问题正可以互相说明，互为注解。

在知识分子小诗人们感叹"天知道我已经掌握了多少技巧"时，杨黎说:"技巧是一种偶然。"我想说的是:真正的好诗永远都在技巧后发生，只有业余水平的文学青年才把技巧当作"十八般武艺"来看待。

如果一定要用"重量"来谈论写作者之于写作，我想说那"重量"只能够来自写作者的灵魂——而关键在于什么是灵魂? 灵魂，体内的大鸡巴! 所以，外在的宫刑也挡不住司马迁!

有些写作写得再好也如戴着保险套做爱，它们的好仅仅意味着那套子是超薄的、透气的，有棱有刺，上面还有着美丽的图案。

何以解忧，惟有写作。

"诗可以，人不行"——说出此话真是需要一点傻大胆，我只是想说：这种通行于网际的无可辩驳的批评方式（来自一种可恶的思维定式）已经愚蠢到不值一驳。

一个人和我谈起"诗歌的灵性"，我知道这样的"交流"其实不必进行下去：我之"灵性"指的是撬起货物的杠杆；他之"灵性"指的是货物上的商标。

我在写《唐》，有人又在对我说不要和人斗嘴安下心来写之类的话了。我知道在我居住的城市里，那几个鼎鼎大名的农民小说家在写作一部长篇时的通常做法是躲到山里去，就此切断与外界的所有联系，也许他们是对的。但对我来说，难道一部开放的作品也需要这样一种封闭的环境？我说我就是要让我的《唐》灌满我个人现实的风！我写着，但首先是：我活着！

在李白的诗中，我读到了他的狐臭，一个杂种的明证。

1999—2002

受奖辞：我追求空翻腾越的诗歌

各位朋友：

回到如火如荼的八月，我应邀给三家报纸同时撰写有关雅典奥运会的日专栏。作为一名单纯的看客，感官的享受良多；而作为一名写诗的，收获也是大大的。在万般感受中，给我留下至深印象的是一位俄罗斯体操名将在体操单杠决赛中的遭遇：它直指我在写诗生涯中所得到的一些人生经验，促使我在当日的专栏文章中如此写道："这一夜太沉闷，收工时却见涅莫夫那一出，竟看得险些落泪！那是人心在挑战权力，那是真正强者的征服，涅莫夫是没有得到金牌，但却得到了一座谁都没有的金矿……"

这个发生在奥运会上的事件让我联想起对诗歌所做的评判（任何评奖应该算这种评判的形式凸现），如果裁判之心原本就是黑的，在此反而失去了谈论的价值，我可以也经常遭受来自于他人的道德审判，但却不屑于在道德这种低层次上去审判他人，我拒绝审判。我以为裁判根据比赛规则所制定出的评分标准才是耐人寻味而值得一谈的——或许这些个裁判是态度更为认真要求更为严格地依照评分标准办事的，他们备受观众嘲弄与抗议后的满腹委屈在于：两个杠上腾越就是10分起评，你个涅莫夫，空翻加腾越，干吗要做六个呢？多做四个，做了也白做，反正我们不会给你更高的起评分，不但不给，你还需要做些自我反省，你是在盲目追求难度的那个年代成长起来的老运动员，而现在的规则与评分标准，是本着保护运动员的人身安全着想而重新设定的……啊哈！这多像盛行于汉语诗坛的评分标准：六个杠上的空翻腾越动作——无论多么惊险刺激，无论多么潇洒漂亮——都从来不会受到鼓励，因为来自我们文化传统的诗歌标准——具体说来是人为化的评分标准只是为满足于落地站稳的平庸者而设定的。

用体育类比诗歌，难免会遇到技术上的尴尬，一样的用词却有着不一样的意义，比如说"难度"：在体操比赛中那是任何一双平凡的肉眼都能够感知的东西，而在诗歌中则大不然，我注意到在汉语诗坛上长期以来大叫大嚷"难度"并以此炫耀的一群人所追求的恰恰是最无真正难度可言的写作，语文修辞层面上的难度——类似于小学生识字阶段所理解的那种生字之"难"，恰恰是没有灵魂、没有血肉、没有情感、没有智慧的平庸者的障眼法与遮羞布。还有我姑妄言之的所谓"人心"，在一场体育比赛中或是别的什么地方它有着多么强大的见证的意味和力量，进入诗歌则纯属虚妄之言，是一个无用的"大词"，体操馆中的一万名观众一眼便可以看出谁才是单杠上最棒的选手，并立即发现黑哨的存在，但如果让这一万名观众投票选出"最佳诗歌"和"最佳诗人"来，那么他们极有可能选出的不是"最佳"而是最差。

所以，诗歌终究不是体育，我也可以在此明言：与体育相比，它是更为复杂更为高级的存在。那么，诗歌评判乃至评奖也就无法等同于竞技体育比赛，结果也就不具有相同的性质。明白了这番道理我自然就是清醒的：今天，我作为一项诗歌奖的获得者之一出现的这个场合中，但我绝对不是一个获胜者。没有理所当然的事，没有舍我其谁的事，除了那存在于现世的俗人的肉身能够得到些许的鼓励和安慰之外，我的诗歌并没有得到什么——如果一定要说"得到"的话，那么长期以来它所遭受的非议和咒骂，它与奖绝缘的遭际，已经就是很好的一种"得到"了！好的诗歌怎么可能与奖杯、奖金这些东西发生正常的逻辑关系呢？在我的逻辑词典里是没有这种关系的，所以此时此地——说惶惑是言重了，我只是有点不大习惯。

所以，诸位朋友，请允许我做此理解：将此一项"双年诗人奖"授予我的意思是授予了过去两年中一个埋头写作成果稍多的"劳动模范"而已，这样的话，我心里就会感到踏实一分。还有就是：如果我的名字忝列在获奖者的名单中，能够鼓舞那些埋头写作勇于创新作品不断卓有成效的"劳动者"（而对那些混迹于诗坛表面的活动家、游走者、流窜犯、二溜子、会虫子有所打击），并能够唤起人们对于此奖的侧目、关注、尊重与信任的话，我会又感到踏实了一分。

请诸位原谅，我还没有浅薄到因为一己之遇在一次评奖中的有所改善而立马就去修改自己的人生观和世界观的地步，我仍然或者还会更加坚定地认为：对于有限的时空而言，公正是不存在的；而对于那些深通诗歌的长存之道并为此早就做好了准备的诗人，公正似乎也就没有了存在的必要。"千秋万岁名，寂寞身后事"——诗圣的良言已经成了很多当代同行们嚼在口中的口香糖了，可我总觉得诱惑他们的只是前头一句，而在我看来：这两句恰好构成了一个最为强大的至高逻辑：没有后句，你能够得到前句么？你真的准备好了接受这个逻辑并以身试法么？豁得出去么？舍得自己么？道理比谁都明白，至少比谁都讲得明白，做起来却是另外一套！这种人我真是见得太多太多了！有种的咱都朝着永恒使劲！跟时间去做一番较量吧！如此一来，诗人间的关系不也可以变得松快一点么？道不同不相与谋，是的，但不妨做个酒肉朋友，做个表面上的也可以嘛！

公正是不存在的，但我还是要在此感谢在一个小小的局部不放弃为建立公正而努力工作的评委会，在诗歌中富有创造性的劳动成果是要靠独到的创见才能被认知的，你们是看见的人——我将此理解为爱——一种深情大爱！同时我也要感谢所有为此奖的创设而做出了非凡贡献的人。

感谢额尔古纳的朋友们，将我领进这片美得惊心的人间仙境。给我奖掖者，为我知己；赐我灵感者，为我贵人。你们是有心的，毕竟在今天诗歌不属于有利可图的东西。谢谢大家！我想：作为一名获奖者的我回报诸位回报此奖的最好方法就是：在今后继续为不得奖的命运而写作，为追求六个空翻腾越而不考虑落地站稳的后果而写作——这绝非一时的故作姿态，而是永远的日常状态！

　　谢谢！

2004

晨钟暮鼓

　　晨钟暮鼓，山河岁月，
　　艰难时日，世纪诗志。

　　啊！我原来是生活在一个每个早晚都要敲响晨钟暮鼓的城市里，位于城市中心的钟鼓楼并未闲置也未遭弃用，在我四十岁这年，我的耳朵忽然听见……

　　我记得小时候，我随父亲去公共澡堂洗澡，在昏黄的灯光下，看见那些在蓄满热水的大池中泡得瘫软的人民，都像默片中的人物……

　　那是童年记忆中永存的情景：老头在练气功、青年在护城河畔捞鱼虫、鸟飞得极低、东边有一片树林……那天是什么天气、什么季节？你反背书包指给我看老城墙，你说你妈就是在那儿被联防队抓了去，因为夜里的交易……什么季节、什么天气？我只记得是星期一，我们顺着老城墙一直走到了郊外。

　　我为什么知道越南文？因为在多年以前，长年在野外工作的父亲带回过几罐出口转内销的压缩饼干。在饥饿的年代里，谁能见到这玩意？于是便大吃一顿，吃得我一连几天都拉不出来屎！我清楚地记得：在那军绿色的罐子上就印着这种古怪的文字，肯定是我们勒紧裤带为支援越南而生产的……

这一幕是虚构的，但却透着说不出的亲切感：妈妈在厨房里，爸爸在藤椅中，我在院子里打弹球。那会儿是秋天，树叶落了满院，安静的时辰，狗去了隔壁母狗的家……院门忽然响了，爸爸的目光从报纸上抬起，妈妈从厨房里闪出，姐姐已经站在院子中间，她怀抱弃婴回家来，迎着众人惊愕的目光，姐姐说："火车站候车室里拣的，还是个男孩呢！"——从此五口之家跟着时代前进！

　　感谢有人帮我目睹并记住了我青春年少时飞扬跋扈的样子，否则我会以为自己生下来就架着一副傻眼镜打小就是不可爱：我说的是我的一位女同事——一位柔弱文静的女教师，当年初见我时常被噩梦侵扰，夜半三更，忽然惊醒，号啕大哭："我就是一辈子嫁不出去，也不能随便跟了这个鬼啊！555555！"——现在她招认，梦见的正是我！

　　我的1997，母亲是在三月去的——我还记得：她最后一次病危的那个清晨，妹妹从医院打来电话，将我从梦中惊醒——我确实在做一个梦，但已经想不起它的内容，电话的铃声为何让我恐惧？在我走向电话的途中，手脚已经冰凉……现在我还在想，想了多年还没有想起来的那个凌晨——我的梦究竟梦到了什么？

　　母亲离去的当晚。送母亲走——在病房里为母亲擦洗身体的时候我也在场：妹妹和妻子用一瓶白酒在她身上反复擦洗，我和父亲将她翻来覆去……就这样，母亲的胴体一览无余：像空空的热水袋似的乳房、稀疏而灰白的阴毛掩映下的干瘪的阴户、肋部因胆囊割除手术而留下的疤痕……这就是母亲！我的最后的母亲！人活一世，生为人子，这是我必须目击的吗？这是我想逃也逃不掉的吗？在当时的现场，我拒绝联想也不再思维，站着然后忙着……现在我还能清楚地记起那种双腿有力肌肉紧绷的感觉，仿佛健将置身于大赛，仿佛战士置身于战场！

进发廊只理发，我首先不好意思啦！我以为是老板的那个男人，一边用电吹风吹着自个儿的裆部一边对我说："坐吧！只要你不嫌理得难看。"

我的手微微发抖，在有条件的时候，我总是用一杯咖啡让自己镇定下来，可是后来我听说：
正是咖啡让手变得更加颤抖；我还有过在手抖之后不久交媾未遂的惨痛教训——忽然阳痿！
我保证我在此说出的都是直接来自身体的经验。

未曾料想，这一生最大的褒奖抑或终极的评价来自凌乱的床上那不堪的气息里，当那只鸡把你付给她的纸币塞进她黑色的长筒袜里，一边十分肯定地猜测你的职业说："鸭，你是鸭！"

在世纪庆典上，身穿兽皮的队伍走过来了，他们唱着："我们是野兽！我们是野兽！"那时的我正走在动物保护主义的队伍中，与他们交错而过，向人们倡导，向世界呼吁：不要朝弱者开枪！

我又见到北京的落日了！那是在西三环沿线，为那冰糖葫芦般的落日或者仅仅只是为了这一念头的滋生——唉！我一声叹息，还有那么点儿欲哭的感觉——这是一秒钟里的情绪反应，我却在接下来的时间里，付出了七分钟的检讨与自责……我这是何苦来着？

好消息！好消息：所有好人都跑到敌人那边去了。

三十四岁时掉了一颗牙：是右下第五颗——从此我有事可干了，不再会有百无聊赖的感觉，每天用舌头舔那个缺口，就足以打发后半生的时光。

"我曾用心爱着你"——当阴茎和阴囊同时收缩，像婴儿的鸡鸡一样乖，像婴儿本身一样安详，像卡通天使长着一对小胖翅膀，而我则像一个修过十年缩阳功的高僧，操控着这一切，让全身的血液都供到心脏上去——那时，"我曾用心爱着你"！

儿子，我迫不得已的独生子，生下来就没有兄弟姊妹，你很孤独吗？你觉得一个人不大好玩吧？那好，爸爸是诗人，给你写出来，其实我早就写出来了——你有个姐姐，名字叫伊豆；还有个弟弟，叫做以色列。

我是我梦境中捡拾烟头点燃鞭炮的少年，是一夜酒鬼喝掉了一条街一生只喝这一夜，长发迎空走火入魔的打击乐手，敲响过夜里的十面太阳……

看了一首表达绝望的诗，我就不敢写得太快乐了，是不是也得来那么一首半首绝望透顶的东西？仔细想想，大可不必，我所有的诗写的不都是绝望之后的情绪？

东北那圪垯来了个老爷们儿——说得雅点就是：雪国的男人来了！我迎上前去，拍了拍他肩头上那没有的雪花——这个逼真的细节，惹得他一把将我搂住！

在一个男人的眼中，不要有太多的泪水，但是要有光——光你懂吗？光！要有光！一定要有光！

我从教堂后院经过时，抬头看见神父晾在窗前的内裤，猛然驻足，怔怔地想：神父的灵魂高洁，我难望其项背，而其内裤——只会比我的更脏！

是我唤醒了你的肉体，你却用这肉体来嘲笑我的灵魂，嘲笑我竟然还有灵魂——这黑乎乎的东西，是肉体没刮干净的不彻底！

面对眼前的世界和人群，我对自身携带的那一点点控制力的信心是这样丧失殆尽的：后屁股兜里塞满票子，一次由我张罗由我做东的饭局——朋友们！我也不敢保证它最终不会不欢而散！

除夕夜——我想在这时上网的人，一定是孤独的人，尤其是那些网吧里的上网者，我想：我应该上去和他们打个招呼，亲亲热热地拜个年，顺便再聊点什么，可最终的结果是：我一上去就灰溜溜地下来了，还是瞧那烂饺子一锅的春节晚会吧，网上仅剩的两个家伙正在我的诗底下无比亢奋地骂我犹酣——他们这样过年！

电视里有只大熊猫在手淫：就在女驯兽员的眼皮子底下公然手淫！

画面无声，代之以旁白的字幕是："国宝大熊猫的生殖能力令人堪忧，每年的发情期只有可怜的两天。"

一个已经隐居的老诗人，拖人捎话给我——他说："只要你敢搞我，我就把你早年写给我的信全都公布出去……"

如果我在一部诗集里，读到该诗人写给女人的情诗，都写在他们初逢的时候、热恋的时候、甜蜜的时候、海誓山盟的时候、如火如荼的时候，但却再无尔后——那么据此我就可以断定：这是个低段俗手，不足为虑。

2002年6月4日。世界杯上处子秀：中国—哥斯达黎加。足球代表着一个国家的到来。这一天，我穿城而过，手中攥着一份当天的报纸，上面有篇文章的标题触目惊心：《审判日》。

当你抵达某城，但却只能住在亲戚家里，每时每刻都必须和他们待在一起，那么这座城市对你来说一准毁了一片废墟，比如上海——生身母亲的故城，我有多年不想再去。

在瑞典的日子里，每日晨起写作一小时然后一块散步的两个人，已经顾不上自诩牛B了，他们同时想到了一个搞死对方的毒招——就是趁着对方洗澡腰包落在外面的机会，把丫护照撕了让他有国难回，不得不永居此地，死写、写死、死等、等死……如是：我和于坚的小故事。

这是由梦呓构成的对白——母亲在梦中哭闹："我再也不上学了！我

再也不上学了!""胡说!"儿子也在他的梦中怒斥其母,并教育她说:"坏孩子才不上学呢!"

将自己平展地安放在热水满溢的浴缸,在水牛一样的呼吸里看灯光漂白周身,一小片黑森林浸在水下如纷乱的水草,而一个正在穿越正午林地的强壮黑奴红光满面气色好极,像刚刚得到特赦令,他晃着脑袋在水中漂浮的样子,很像是在天上飞!

这个冬天有点冷,课间走进教研室,听到一群人在议论一名女生的自杀:昨天晚上,她从五楼的窗口一跃而下、一了百了……沙发上那个故作惋惜状的中年女教师感叹道:"你说傻不傻? 听说还是因为失恋,还是为了所谓爱情!"听他们说出她的系别、班级和姓名——我想不起来可曾带过她了,只是现在我很想和她认识!

又是自杀:一个民工自焚了! 为了拿到他的工钱……我在网上看到此讯,刚想关注此事,就听到有人聒噪:沉默者可耻! 于是我毅然决然地选择了沉默! 甚至不再打听……

网络管制开始了! 不料竟从中感受到幸福——久违的幸福! 仿佛回到多年以前,叫人重获网络时代到来之前的安全感:自己的生活不会被他人或自己拿去贩卖,写作也多少带有一点私密的味道。幸福——假定在地洞中的写作!

我那爱雪如命的儿子,站在雪晨的窗前,望着窗外白茫茫一片,紧握双拳,一声嚎叫,仿佛多年以后必然会有的一次发情……我的孩儿我的种，白雪也能让你发情般地嚎叫！

吃饭时间到，可我并不饿；不饿就不吃呗！可我又不安。没有吃饭——这个意念，像只空碗，摆在面前，一直折磨我，比饥饿本身还难受，令我难得轻松……

与老友聊天。聊起了一些旧事，聊完之后的感觉：就像没发生过似的；聊起了一些故人，聊完之后的感觉：就像不存在了似的。

苏州评弹，吴侬软语，咿咿呀呀……我想：我如果能坚持看上三分钟以上的话，就说明我真的老了老得已经没戏了——结果：我不但一直看完，还哼着小曲儿从现场离开……

驱车在西宝高速公路上行进，行至周至县境的那一段，我脑子里跑出一个西方传教士，兴高采烈、手舞足蹈：公路两边的田野上到处都立着十字架！但却只有一瞬间，当他从我口中了解：那不过是当地的农民为种植猕猴桃而架设的，他们因此而富得流油倒是真的。

大疫当前，病毒弥漫。让人揪心的是：每天都有人死！国家电视台昨天播报的一条新闻说：因防范及时措施得当，动物园里的动物都很安全，安然无恙活得挺好……不是没听见，但我很平和，主要是会算这样一笔账：这些畜生的小命确实比人的值钱！

不做人是因我原本是人抑或非人，不交友是因我本有朋友抑或没有。人群多么蒙昧——以上就算是我对世界做出的最后的解释——而解释是很累的事，以后不会再有了，我所肩负的启蒙教育已经把我拽得很低了……

我在一个晚上接连给我的四个朋友打电话，向真正关心我的人汇报我的近况，时间持续很长，打至第四个朋友，我发现不用再说什么了——因为前面的一个朋友已经给他打过电话，先于我将我的情况告诉了他。

"看看这个，受过多少侮辱都一下化解了！"于坚说。在甘肃永靖炳灵寺西秦大佛脚下。"摸摸这个，受过多少委屈都一下忘记了！"伊沙说。在西宁的出版社里领到自己漂亮的新著之时。唉！还是老于有境界，我这人比较恶俗。

从青海带回不多的样书——是我的新著，明显少了一本。一问家人才知父亲来过，小偷似的来，顺走了一本，于是转天我便接到如下电话——是我的父亲在电话中教训我说："写得还不错，更加成熟了，但是你别忘了，给人家把课上好，教授才是你的目标！"

秋雨连绵的天气，往常我煞是喜欢，今年却有所不同，一想到关中陕南的洪灾与灾民那一眼望不到头的扎眼的帐篷，就盼着雨能赶紧停下来，别让我太烦！安得广厦千万间，吾庐独破受冻死亦足——是不可以的，我能做到的是赶紧催促妻子翻箱倒柜将多年未弃的旧衣服捐出去——同时再捐一点钱。

老同学聚会。回忆美好的青春，担待彼此的变形，感喟岁月的流逝——时间这把刀的残酷无情。身为现场惟一的诗人，我习惯性地想替在座者展望一下未来，刚出口："十年后——"也无非是花发全白有毛者变无毛之类的景象吧！孰料却被邻座的杨增悦同学抢了先——这位当年省中学生运动会一百一十米高栏冠军，现任第四军医大学唐都医院泌尿科主治医生的家伙一语扫了我的兴，也败掉了大家的胃口——他说："啊哈！十年后，在座的就会有人尿不出来啦！"

你需要上帝看见你时，却感觉他是个瞎子——一个戴墨镜的盲人！后来你发现其实他不瞎，只是因为太累的缘故而打了一个小盹儿，而此时的你正准备炒掉上帝！

我刚说这么多年，这么多次来北京，我还没有见过一个真正的精神贵族，却见中岛捧着一本刚刚出厂的《诗参考》，趁着四下无人，偷偷亲了一口！

有人说得有道理：生日是给小孩和老人过的，夹在两者之间的我，过它做甚？可又有人说——说得更有道理：生日是为母亲过的，那是生你的女人的受难日，所以还得过过。5月19日，我停下了手头的工作，走到已成遗像的母亲面前，静默了片刻，并在心里说：妈，三十八年前的今天，您生下了我——这肯定不是一件容易的事，将我养大成人就是更大的麻烦，您辛苦了！您折寿了！

薄暮时分，飞机降临海拉尔。走出舱门，天降零星小雨，空中几多凉意，朝前看去，不免心生惶惑——我看见了平生所见最小的一座飞机场，像县城的火车站那般大；但极目四望，心跳却忽然加快！噢！我这可怜的城市的老鼠，有生以来最辽远的地平线，此刻就在我的眼前，已经将我震撼！

仿佛一个传说，但却是真实的：蒙古的女儿已老，从南中国海一座很小资的岛上，回到这广阔的草原的怀抱，长跪不起，伏首在地，痛哭流涕，感恩这父亲的草原、母亲的河流，她所留下的一首歌词——歌词中的一声慨叹抵消了她那女生的诗、一生的诗："我也是草原的孩子啊！心中有一首歌……"

一个蒙族的女孩，教会我说蒙语的"你好"——sei no 之后我便到处去说，逢人便说："sei no！sei no！sei no！"——其他的一切，你们想象吧！

奖给我的牧场在额尔古纳市黑山头镇三公里的地方，两百亩相当于（400.00×333.34）平方米的牧场我去看过了，可始终没有找到感觉，不觉得那就是我的地，也没有在上面干点什么的想象力。很多年了，我只是一个先用笔后用电脑干活的农民，一个不断地种字得诗种句得文的好劳力——我的地啊，不过是20×15字的一方稿纸，无穷多——现于屏幕化为无形。

这是我早已认下的我的命！

不分长幼，无论男女，所有人都在为落雪之事而激动不已！让你看到包裹很厚的臃肿体态中人心的存在，让你看到：人皆诗意的人；让你暗自确信：诗歌不是以太阳而是以雪的形式，夺取最终的胜利！

我和疯子缘分未尽，这不——又有一个找上门来！这一个和以往的那些确有不同：一进门就大模大样地朝我面前一坐，直冲我说："我，是个疯子，刚从疯人院出来，现在身无分文，无家可归，你说咋办？大哥！现在就看你的表现了……"

一个作家，在一连四天安坐家中之后，头一次下楼，穿过花园的小径，张大了嘴，想要"啊"一声，却吞进了一只正在行进的飞虫，现在——这只不明的飞虫，就停在他的嗓子眼上……他的心情，以及脸上的表情也是不明。

生命在悄然地改变，当你的兴趣从一场速战速决的重量级拳王争霸赛转向巴黎－达喀尔汽车拉力赛时，你感觉到了这种变化，但不想深究其因。

在那部忘记了名字的电影上，在那家再平常不过的咖啡馆里，一个老太太逼着一个糟老头说出一句赞美她的话，老头很不耐烦，但又十分认真地说："亲爱的，你有德州最漂亮的私处。"——老太太听了，幸福得跟个小姑娘似的！

在我做好了准备，准备一步迈进春天的时候，又下了一场雪！每一场雪都会带来好心情，它让我暗自祈祷：老天爷，为明天早起的厌世自杀者再下上一场吧——他们需要！

时隔八年之后，我又重返那座旧楼授课，在课间吸烟的楼拐角处存放着我八年前的一个心愿，像墙上已经淡去的图案一般，是一双顺着墙壁向着天花板而上的脚印，清晰地浮现在我眼前，令我恍然想起来那个最终未了的心愿，是我当年不论怎么祈祷也无法实现的一桩，现在已经不需要了，因为我有了新的、更新的……哦，是的，新的，在此旧楼，心愿常新，人正老去！

最近，是俺额际与两鬓的根根白发——刺目的白发，惊了不少人的心，老搞得一惊一乍的。个别不为所动者，都是和俺一样的纯爷们儿……

"青春回到我的身上"——虽说事实归事实，但是这样的表述人云亦云，也太过小资。这是在一个春日的早晨，将儿子送到学校去以后我步行回家，途经一座立交桥，我从下面穿越时看到水泥立柱上涂鸦者的大作，忽然唤醒了我十多年前的某种状态：爱咋咋地的浑不吝，还有目的地不明但却一心向前的行进，始终不变的那股子傻劲！

过去你总以为成功就像过年放炮：听响、听响，不断地听响！现在你体会到了成功之上的成功，其实是一片哑然，是一片寂寥，是故人开始变得躲躲闪闪，远远地瞅着你说上一句："没意思！"——而你的不惑在于：你准备更加起劲地没意思下去！

坐在马桶上读早报，读的是贪官自述连载；在临睡前的垃圾时间看电视——看的是反腐倡廉肥皂剧。读着读着看着看着，终于恍然有所大悟：多年以来我睁一只眼，在现实中所寻的情圣终于觅到就在眼前——古来情圣出游侠，今朝情圣在贪官，在每一个贪官的身边都站着一个既不年轻又不靓丽还不温柔的老娘们儿，同时证明着爱情的存在！老哥哥们真是栽大啦!

我在梦里,不停地打着我的手机——它长着一副手雷的小样,泛着黑光……

说实话:我在二十岁以前就把颓废玩腻味了——一个早晚各手淫一次才能保证不犯罪,带着一身精虫味坐在课堂上的小畜生还不颓废么?回想起来深以为耻,打着青春的名义方可原谅自己;如今眼看着就快晃到四十岁了,我也拒绝相信,这把年纪的人所爱玩的那种虚无——那种虚无的人生境界:一个活到四十岁以上还没有自杀,没有把自己干掉的家伙,他的虚无就很虚无,就是为了演给人看就是为了图点什么才这么玩的呀!

愈演愈烈的禽流感,让人想起SARS发生的前年,让人想起这些年来这些乱七八糟的新病——大疫横行,世界末日真要来了么?或许仅仅只是新的命名诞生,这些病早已有之?在那漫长的古代,很多人死去了,也不知道咋死的;很多畜生死去了,就更没有体面的说法,死了也就死了,反正还会再生,这显出古代的牛B来了——我的意思是:一点也不娇气!

我喜欢在人迹罕至的大学新城空旷的道路上,独自一人,撒腿狂走……我的一位同事知道了,满怀善意,向我发出盛世危言:"你可别这样,别拿自己的生命开玩笑,这一带——有民工出没!"

初一,在家与家人团聚;初二,给一户亲戚拜年;初三,宴请另一户亲戚；初四，跟中学时代的老伙计厮混；初五，从外地回来过年的故人来了……欢欢喜喜过大年，热热闹闹度新春，心中甚是高兴，结果一不留神，便对父亲说出了一句真话："对我来说，朋友比亲戚重要。"本以为不过是说了一句常识，却不料竟引起他的震惊……幸好我反应快，赶紧补上一句："当然，亲人是最重要的——你属于亲人！"

在家里，儿子不允许我直呼他母亲的名字，因为我每次直呼他的大名时，就是要批评他了。我请教他："那我该怎么称呼你妈呢？"儿子回答说："我老婆！"

不去山西春游的老师照常上课，所以我来上课，所以，就有同学张口问我："老师，你为什么不去春游？"我想都不想地如实相告："同事里头没我朋友。"——我没想到的是：赢得全班掌声一片……

春天的早晨，望着儿子走进学校的大门，然后转身，直扑我早饭的那个点，正赶上凶神恶煞的城管在对可怜的小摊贩实施红卫兵式的打砸抢……场面残忍，叫人震惊！目睹此景，我生了气，干脆不吃早饭了！早饭不吃，就更加生气，越饿越气，越气越饿，两种滋味相加，就改变了一些事情——至少在这一天，我这个平素以自由主义自居者，前去浏览的网站都是左派的。

我有这么两个朋友——他们各自身边的朋友，全都是对我咬牙切齿的敌人！

我在等待着一件盼望中的事成为事实。一天的等待让我看到这一周都在等待，一周的等待让我看到这一月都在等待，一月的等待让我看到这一年都在等待……等待让你看到："等到花都谢了"、"千年的铁树要开花"这些陈词滥调竟有着如此致命的厉害！等待让你看到了用来等待的生命毫无价值可言，只是你没法不等、不能不等、不等不可能，幸亏早有觉悟：你没有专等。

初夏的武汉行，让我体会到了当年一个秦人从楚国回到秦国之后的感受：关中平原的麦子已熟，差一点就错过了收割，他蹲在地里头拣起一株颗粒饱满的麦穗，凝视着麦穗，想念起会写一手绚烂楚辞的朋友屈原和宋玉，想念起楚国的美人和美食，编钟在耳边杂乱地敲着……

在长沙得遇老友吕叶，上次见面是在六年前的南岳衡山，他像个山大王似的接待我们，所以此番一见面，我问他的头一句话便是："吕叶，衡山还好吗？"

是的，老子人在江湖身不由己，见人说人话见鬼说鬼话，但心有规矩：那便是见到你这不人不鬼的东西，就说不人不鬼的话；见到你这不阴不阳的东西，说不阴不阳的话，或者干脆装哑巴——不说话！

在长沙田汉大剧院朗诵前，我一直在想：走上台去，我该对今晚到场的千余名观众说点什么？这是在长沙，我就该提到楚辞，而在此一瞬最先想到的两句楚辞，却在击打并且震碎了我心中一个香草美人艳词丽句的陈规陋见，那便是——"路漫漫其修远兮，吾将上下而求索……"

在宁夏，我在喝酒碰杯时，把一个西北汉子的酒杯给碰碎了——小小杯子粉身碎骨！没想这竟成了事儿——一次严重的事故。当事人当面未作过激反应，大半夜私下里找到我的兄弟马非质问：这是什么意思什么意思什么意思嘛？得知此情后，我感到十分遗憾，想对他说一声：对不起！我的豪情比大西北大了一点……

　　早早地来到站台上，眺望铁路的远方，等着火车开过来，然后上车——对我来说，这是少有的在小站才有的体会，所以倍加珍视，在上车时，朝前朝后，近乎庄严地各望一眼，然后才上车……

　　伟大的世界杯结束了！连我鼓足余勇观看的因失去了传奇英雄阿姆斯特朗而变得等而下之的环法大赛，也都结束了！我忽然感到莫大的空虚，并且想到在1976年的中国，当"文革"的大幕突然间落下，一定有为数不少的人民，像我此刻一样空虚，茫然不知所措……

　　有人问：是晨钟融入了暮鼓还是暮鼓吞没了晨钟？有人问：晨钟也是丧钟——这丧钟为谁而鸣？我能够听出来，他们发问的口气连同说话的表情都是从教堂里的神父那儿偷来的，所以坚决地不予回答。

　　晨钟暮鼓里没有回答。

2006

我爱西安

1. 除了出生后在成都的两年，大学四年去北京，其他时间：43-6=37——我在西安已经生活了三十七年了，这可真不算短！应该可以算作"老西安"了。也许是"只缘身在此山中"之故，你说它最大的变迁是什么，我还真不敏感。一般情况下，是外地的朋友来了，对其外在"变"的部分比较敏感，我总是听到N年不来的人来了之后说：西安变化太大了，变得叫人认不出来了云云——那"变化太大"的部分又是什么呢？无非是盖了很多高楼，马路拓宽了，城市设施现代化了——是时下中国大地上任何一座城市都正在发生着的那些"变迁"，也没什么特别的——要说有一点点不同，那就是西安有一个古老的背景在那儿比照着，譬如大小雁塔、明代城墙摆放在那里，所有现代的高楼大厦似乎都会显得更加现代一些，古今对比比较扎眼一些罢了。

2. 所有"巨大的变化"都有一个共同的方向——现代化！这个方向大概是没有问题的吧？如果有人认为这个大方向有问题——那么跟这路人我无话可说。我有一个北京朋友，2002年他来西安的时候，我陪他打车去一个地方，沿路走的是东郊破旧的大厂区，他以北京人那种与城俱来的优越感说：西安比北京落后了二十年！2007年他又来，我们一起去赴一个饭局，沿路走的是西高新开发区，我好心好意地说：可以刚好让他见识一下西安现代的一面，没想到他看着看着竟然生了气，骂不绝口：说这是瞎搞，西安不应该建得这么现代，应该保持其古城的风貌云云。我一边听一边偷着乐：西安不现代的部分可以满足你北京人的优越感，西安现代的部分又满足不了你操蛋的文化情怀——这种心态很有代表性，都希望自己住在现代化的城市里，越现代化越好，希望别人永葆原生态，成为自己的旅游地……这种心态里有种非人性的东西，比当年到非洲去开发殖民地的欧洲殖民者还要坏。所以，我从不以现代化带来的种种弊端来怀疑现代化的道路。

3. 西安长安区大学新城的建立是近几年的事，路途遥远，虽说我去上一堂课的成本增加了些，但那是开窗即见终南山的环境，是一个明显更适宜授课与读书的环境，是一个更像一所现代化大学的环境。过去我们那个在城边上的老校区，更像一所中专，学生一出校门就走进了菜市场，从校门口进出的学生嘴里啃着肉夹馍，一身的烟火气，口喷肉味向你打招呼，这样好吗？所以，我宁愿克服给自己带来的不便去一所真正现代化的大学授课——西外的校长是留法回来的，把校园设计得很西化，很洋气，瞧着特好。

4. 有一个典型的西安细节，说明的是本地的地貌与气候，在这里皮鞋很容易蒙尘，出趟门上面就是一层灰，由于这里气候比较干燥，西安的北面是世界上最大的也是惟一的黄土高原——它后来崛起为中国的新火炉城市也是由于这个原因，北面是陕北高原，南面是秦岭，使其处在一个狭长的"盆地"之中。前些年有人说，在西安擦皮鞋应该生意好，话音未落，遍地都是擦皮鞋的，生意果然不错。

5. 我想列如下几个关键词来代表西安：大小雁塔、秦兵马俑、明代城墙、碑林、茂陵石刻，卫星探测中心、大学新城、飞机制造业、高新开发区，秦腔、西部电影、摇滚歌手、当代小说、先锋诗歌、考古学、书法艺术，羊肉泡馍、葫芦头，各色面食……

6. 西安的"黄金时刻"是在上班族都去上班的非节假日，你到城市各处去走走，黄金含量真是高，我作为一名不用坐班的高校教师，有这样的机会。至于我个人的城市生活，我因为并非一个"闲人"，日常要写东西，所以我不是为生活而生活的那种人，一切以写作为中心：平时因为老是一个人在家，所以午饭需要自己解决，除了热热剩饭、泡方便面或到妻子单位的公共食堂用餐外，就是到街上的小饭馆去解决；节假日，会陪家人出去玩玩，或看场电影，还有就是外地有朋友来的时候，陪他们到各处名胜去走走。本地朋友（大多是诗友），不定期会聚聚，吃吃饭，喝喝茶，聊聊天。我的生活非常简单，也很自然。

7. 不要一味强调其"古"，它是一个多元化的文化构成：古老的传统文化只是其中的一元（就像古老的建筑也就留下来那么几个）。它还有其他元：譬如开国之初的50年代，这里建了很多大型的工厂，很多厂包括人都是从全国各地迁来的，东北、四川、上海……所以现在的很多西安人其实是这些移民的后裔，我记得曾在陕西财经学院教过两年书的诗人韩东在一篇散文中写过：这是一座讲普通话的城市，连公车售票员都讲普通话。他其实触及的就是西安文化的这个元，就是移民文化的特征，西安出去的那几个摇滚歌手张楚、许巍、郑钧基本上都是这种大厂子弟；譬如通过高考或其他手段，由陕西其他地方（陕北、陕南、关中）的农村迁入城市的人群，代表着乡土文化的一元，西安那几个著名的小说家路遥、贾平凹、陈忠实正是这一元文化的代表；还有大学城的文化，不要忘了，这里的大学曾经是全国第二多的，科研单位之多也位居全国前茅，形成了又一元，以我、秦巴子、沈奇、朱剑、西毒何殇、艾蒿等诗人为代表的先锋诗歌就与这一元的文化有关……我所理解的西安文化正是如上这些元（还有更多的元）共同构成的。

8. 我认为：西安的地标大雁塔——谁都愿把雄起时的阳具作为象征。

9. 我认为美食发达的城市或地区的成因：①古来富庶之地。②历史不能太过短浅。③文化形态不能太粗糙，也不能太单一。这三点西安正好都具备，所以它成了"美食之城"——在我看来，它是中国北方头一号的"美食之城"。西安在历史上就是回民的形成地之一，回民擅长的牛羊肉食品是西安美食的一大支柱，关中平原盛产天下最好的小麦，所以它的面食极为发达和丰富。历史的长远，使很多食品处在一种反复验证和不断修正之中，也就是说西安的很多美食是经过更多代的人之口挑剔过的。另外它的包容性也很强，有人说成都出了什么"新派川菜"，真好吃的话三天后西安就有了。我去过乌鲁木齐，也吃过那最著名的烤羊肉，但我认为不及西安，西安人的烤羊肉有个去膻化精致化的工序，更符合汉人的胃口。从食品风格上说，这里不像西北，更像中原，它是从内部趋于精致的，十分讲究的——文化上也是如此。

10. 西安对我的影响说有多大就有多大，因为它首先影响了我这个人，决定了我这个人。我父亲是重庆人、母亲是上海人，但我是西安人，祖籍毫无意义。这座城市对我的文学风格有着这几个方面的提示：开放、先锋、强悍、厚重、结实、从容、幽默——有几点是朝着相反方向上的提示，就是这里欠缺的我要拥有。包括脚踏实地、埋头苦干、靠作品说话的写作态度。我曾经在别处说过：在文学越发轻巧化的时代里，陕西的小说家所写的长篇为什么都是一块板砖——我以为这是不朽的城砖的暗示！就像你拦不住江南的作家小巧细腻一样。我的几个长篇，《中国往事》是以上世纪70年代的西安为背景，《迷乱》写的是90年代前期后又跳到了新世纪的西安，《狂欢》写的也是90年代后期到世纪末的西安，《黄金在天上》下半部写的是90年代到新世纪的西安。我不会像有些传统作家似的，将"城文化"当成课题写，我写我的现实环境，自然就写出了一个更真实更有时间性和历史感的城。至于我的诗歌，大部分所涉及到的生活现场就是西安，特别是长诗《唐》，可以这么说：没有西安就没有《唐》，那么刚好，我引用一段自爱的《唐》的片段以飨大家——

> 名花美女
> 两相看
> 两相欢
> 没那君王什么事儿
>
> 春风里有无限恨
> 吹拂着千年后的
> 那个黄昏
> 那个少年
> 沉香亭北倚阑干
> 等待着他的小美女
> 在花丛中出现
>
> 那次终无结果的等待
> 不过是为了这首长诗

2009

"待到太阳等不及了，我们才怒放"

——布考斯基译史小记

我被委以信任，因诗歌的

兴衰发展

至少我被委以的信任，是因它

衰亡的部分

——查尔斯·布考斯基

一

我与至今尚未谋面的美籍华裔人文学者刘耀中先生建立通信联系是在上世纪90年代初，起先是他在严力主编纽约出版的《一行》诗刊上读到我的诗作后写信给我，他在信中称我称为"中国的金斯堡"，令我青春的虚荣心得到巨大满足写作上也备受鼓舞。他在后来的信中总要夹寄一份他发表于海外中文报刊介绍西方文学、哲学大师的文章复印件，他系统介绍的这些大师有我了解的，有我并不十分了解的，甚至还有我压根儿不知道的。最吸引我的还是他在评述这些大师时所动用的知识系统和丰富材料，是我在一般国内学者那里读不到的。刘耀中先生当时已是退休的年龄，而我大学毕业走进社会不久，我们靠通信建立起来的私人友谊真有点"忘年交"的味道在里头。介绍艾伦·金斯堡的那篇文章，是他在我的请求之下写的。他在该篇文章的结尾处还写道："去年西安青年诗人伊沙来信说，他很感谢我寄给他的那部一九八九年出版的巴利迈尔斯著的金斯堡传记，他希望我写一些关于'被打垮的一代'的扫描及对金斯堡一生的介绍和评价，承蒙器重，特写此文以答谢！"

刘先生在信中提到的那部名叫GINSBERG: A BIOGRAPHY（SIMON AND SCHUSTER出版社）的金斯堡传记，是他在1994年寄赠予我的。这部英文原版书寄达之后激发的是我妻子老G将它译为中文的兴趣与冲动，当时国内的出版社似乎正处于刚刚懂得必须掏钱购买版权而又普遍买不起的阶段，出版几乎无望——正是在这种形势下，老G开始翻译这本书，我的前同窗和当年在大学校园里活跃一时的前女诗人深知金斯堡对我来说意味着什么，她把自己的打算说出来，很像是情话："大不了我就当翻上一堆资料吧——供你私人使用的资料。"老G的翻译工作自那年秋天开始，一直持续到第二年春节过后，因怀孕而告停。我由此得到了占全书四分之一的一堆中文资料，私下熟读，获益匪浅。我在反复阅读这堆"私人资料"时发现了妻子的翻译才能，尤其体现在译诗方面："圣洁的母亲，现在您在慈爱中微笑，您的世界重生。在蒲公英点缀的田野里，孩子们裸着身体奔跑/他们在草地尽头的李子树林里野餐，小木屋中，一个白发黑人讲着他的水桶的秘密……"——这是老G所译的金斯堡名篇《卡第绪》中的片断，我发现比之漓江版的单行本多了些诗味和灵气，写过诗的人译诗和没写过的人到底不一样……当时我只想到了这些。

二

第二年——即1995年，在刘耀中先生的一封来信中，他夹寄了一篇介绍美国诗人Charles Bukowski（查尔斯·布考斯基）的文章。这是我此前一无所知的一位诗人，但这篇文章却叫我没法不激动：因为文中所引他诗的片断，也因为他极富传奇色彩的生平和他的人生态度，甚至包括他在美国文化中的际遇和地位。我的直觉告诉我：这是一位注定要和我有点关系的诗人，正如我在1986年初读金斯堡时的直觉一样。在我的急切要求下，刘耀中先生很快寄来了一本布考斯基出版于1981年的原版诗集 *PLAY THE PIANO DRUNK LIKE A PERCUSSION INSTRU-MENT UNTIL THE FINGERS BEGIN TO BLEED A BIT*（BLACK SPARROW出版社）——这本宝贵的书是他在加州格伦底尔城的一家旧书店里购得并转送于我的，书的扉页上还留有上一位读者的阅读心得，他（或她）用英文写道："我能说什么呢？大师……生日快乐1983"。

老G在看完这本原版诗集后对我说的话与当年顾城的姐姐在看到《今天》时对顾城说的话有点相似，她说："他写你这种诗。"——正是这句话使我急切地想把布考斯基的诗变成中文，与妻子合译布考斯基的建议也正是由我在当时提出的。说干就干，那年七八两月，我们共同翻译出布氏诗作二十四首，其中二十三首后来陆续刊发于《西藏文学》、《女友》、《倾斜》、《中国诗歌》、《诗参考》、《葵》，台湾《创世纪》、《双子星》，香港《前哨》，美国《新大陆》等十余家海内外中文刊物——其中既有期发量两百万份的大众读物，也有非正式发行每期印数只有几百册的同仁诗刊——这便是布氏诗作在中文世界里的最早现身。也正是自那年起，我在中国当代的诗人圈中开始听到有人谈论布考斯基这个名字（一开始我还误听成诺贝尔奖获得者布罗茨基），并听到越来越多的赞誉之声，我知道由我和妻子老G一起提供的这个译本并没有辱没大师的名字。

这年9月，我去北京出席诗刊社当年度"青春诗会"时，留在西安家中的老G经历了一次早产的危险，我被吓坏了——翻译工作就此告停。

接着是我们的儿子在那年冬天的如期来临，接着是老G眼里只有她这个"作品"的漫漫七年。

三

七年中，我读到过布考斯基的第二种中文译版——只是一组诗，发表在美国《新大陆》诗刊上，是出自台湾旅美诗人秀陶的译笔——我觉得那是典型的台湾译风，他把布考斯基这条老硬汉搞软了，还搞得有点松松垮垮。七年中，诗坛流传的布考斯基一直是我和老G译出的那二十来首——我确实感受到了它们的顽强，它们的生命力！

2001年的某一天，青年诗人魔头贝贝将其中的五首诗贴到《唐》论坛上来，据他所说是从某大网站读到并转贴过来的。布氏的诗在网上一出现，立刻激起青年诗人以及诗爱者们的强烈反响，他们的感受一如我在七年前：竟然还有这样一位大师！大师也可以是这样的：说人话讲人事，亲切如风！是网上所贴的五首诗在流传中引起的错误促使我在电脑上重新校对当年所译的这二十来首，一边校译一边在《唐》《诗江湖》《个》《或者》《扬子鳄》等五家当代诗歌网站上同时发布，2002年4-5月，我在写作之余一直在做这件事。6月是如火如荼的世界杯。7月的一天，韩东打来电话，这位好友在6月到来前的一次电话中已经送我两单世界杯的"大买卖"，这一次的电话中又送我了比这两单"大买卖"更值钱的一条信息——那便是楚尘为河北教育出版社策划的"20世纪世界诗歌译丛"。然后是我给前年冬天曾在北京有过一面之缘的楚尘打电话；然后是我把已经译成的二十四首布考斯基灌到他的邮箱里；然后是楚尘简练而肯定的回答。7-10月，我和老G重拾译笔，译完了计划中剩余的七十六首布氏诗作，除去7月我到北京办护照的一周、在西安参加亚洲诗人大会的一周、8月去瑞典参加奈舍国际诗歌节的半个月——除去这前后加起来一个月，我和老G几乎每天都有为布考斯基工作的时间，国庆长假也不例外。对我来说，为诗工作有着永远的激情。而对老G来说，在繁琐的每天八小时行政工作之余，到了业余时间还要面对布考斯基老头，她只是为了让自己更多地面对诗歌，她以为更多地面对诗歌就是更多地面对我。加上楚尘——这个韩东眼里的"工作狂"，我知道他为了此书独自去面对了很多我不知道的琐事——因为布考斯基和别的大师有所不同，他毕竟是美国出版界的一块宝，版权不是可以随便奉送的玩意。

四

七年中，我遇到每一个和美国和诗歌有关的人，都要问到查尔斯·布考斯基，2002年8月在瑞典奈舍国际诗歌节上，我问到一位颇具雅皮风度的纽约派老诗人，他笑了，马上举手仰头做出一个喝酒的动作。当我说出"布考斯基是我最喜欢的美国诗人"时，他的笑容变得更加灿烂。布考斯基太有名了，无论喜欢他还是不喜欢他的人，都无法回避他在美国当代诗歌中的巨大存在——每当感念于此，我就对国内翻译界的"引进"标准怀疑之至，终于不再相信。在1995年以前，中国读者为什么会对布考斯基一无所知？那仅仅是在被译成中文的任何一部"美国诗选"中都没有他的大名。而在美国，这类"诗选"又出自哪些人的编选？——学院与学会——他们仅仅代表着一个多元文化的一元而已，而布考斯基又正好是被这个元所排斥的，我注意到颁发了那么多届的美国三大诗奖（普利策、国家图书、波林根）长长的获奖名单中竟然没有布考斯基的名字，正像布鲁姆教授开宗明义拒不将金斯堡的作品收入他编选的《西方正典》一样，还人身攻击地说其是"假惺惺的伪君子"，在美国多元文化的生态环境中，这本属于正常，甚至是非常健康的一种表现。但被一些人搬到中国之后则被当成了一种权威标准——在我们的习惯思维中总觉着必然要有的一个标准！

从学院到学院、从学会到学会、从知识分子到知识分子、从文坛交际家到文坛交际家——在中西文化的交流和对西方文化的"引进"中的确存在着这样一条"暗道"，当这条"暗道"成了"自古华山一条路"时，结果可想而知。中国读者面对的西方"大师"，要么是文学史意义上的，要么就是国际文坛意义上，诺贝尔获奖者中的大多数当属后一种——而这仅仅是两种。而那些正在发生的、其先锋意义正当其时的并在彼岸的本土文化中活力四射的作家和诗人，总是被这条"暗道"排除在外。以至于后来，这种现象在中国的诗歌界恶化为一些"知识分子诗人"开始借大师之口布道和说事，推行他们信奉的权威标准，借此向诗坛和读者示威并施压，在"暗道"中"与国际接轨"。

也许没有上述背景，我这个惜时如金的"职业诗人"也不会对布考斯基的翻译工作倾注如此之大的热情。仿佛是一种欲望般的巨大冲动：作为诗人，我要自己去看另一位诗人，教授们、学者们、翻译家们——用不着你们可恶的指点了，统统都给我闭嘴！

五

七年中，我怀揣一份美国诗歌的地图，反复阅读着布考斯基。最终，我给了他"四星半上将"的军衔，而在我眼里，在此之上的"五星上将"

也只有华尔特·惠特曼、T.S.艾略特、艾伦·金斯堡三人——如此评判势必会带入一个诗人在文化和历史语境中的作用与影响来考虑，那么回到一个诗人纯粹的写作内部，布考斯基就该被追授他没有得到的那半颗星。也就是说，在我眼里，布考斯基是美国有史以来最杰出的诗人之一。

金斯堡出生于1926年，布考斯基出生于1920年，后者甚至比前者还大六岁。考虑到他们大体上属于一代人以及诗歌走向上的大体相近，我对前辈论家爱将他们放在一块比较的做法基本认同。布考斯基35岁开始写诗时，金斯堡已快爆得大名了。一个是写得晚，出道更晚，另一个则在勇敢地当了一把文化逆子的同时，也旋即成为时代的宠儿。金斯堡是随着一个大时代的到来应运而生的诗人，布考斯基则是一个天生的边缘诗人，与他所经历的任何时代似乎都格格不入。金斯堡一生中的大半时光，都是在世界最著名诗人的优越感中写作的；布考斯基则始终在一种大体不得志的落魄感中写完了自己的一生。《嚎》是金斯堡一生的顶峰，也是平生难越的一座高峰，他后来的写作都是在如何超越自己而不得的努力中。布考斯基则属于渐入佳境的一种，极为多产，泥沙俱下，越写越好，貌似不经意，却暗藏智慧，他的巅峰十分自然地出现在他的晚年。

以下所述是我身为诗人更为隐秘的心得：金斯堡是"史诗"书写者、时代的代言人，他最为擅长或者说真正写得好的是《嚎》、《美国》、《卡第续》这类长诗或类长诗，他的短诗写得并不十分好，他的短诗都写得太"大"——我指的是他还是习惯动用"史诗"的架构和站在高处的语势来写。四川文艺出版社推出的那本《艾伦·金斯博格诗集》在得到时尚青年热买的同时，也让真正的诗人十分失望，这一方面有翻译的问题，另一方面则是金斯堡的短诗远不具备你印象至深的《嚎》的水准。而布考斯基则正好相反，他是日常的、边缘的、个体的，他没有也无意建树金斯堡《嚎》式的文化里程碑，他对人性的深切关注和对自己人生片断和生活细节信手拈来的好功夫，使他成为短诗高手，他不是传统意义的短诗营建者（讲求精致的那种），恰恰40—80行的中等篇幅是他更能发挥才华的一个空间，他善于把篇幅意义上的"长诗"做"小"——我指的是往人性的细微处做去。在这个篇幅之内，在这个世界上，我尚未见到过比他更好的诗人。与布考斯基相比，我以为金斯堡写的是真正知识分子的诗歌，真正社会精英的诗歌——我加个"真正"是为使在中国被严重歪曲与异化的两个概念还其本义；而布氏本人则体现为一种真正的平民主义和个人主义，他的作品充满着美国平民生活的强烈质感并将诗中的个性表现推向极端。金斯堡诗歌的先锋性太过依赖于一个大时代的背景；布考斯基则是绵长的，他的先锋性即使对美国对整个西方诗歌而言，也一直绵延至今。

六

正如我不讳言说出跟自己有关的诸多事情的真相，我自然也不讳言说布考斯基与中国诗歌的关系从我这儿开始——不是说我和老G翻译了他，而是说他首先作用于我，对我产生了至关重要的影响。

回到1995年，或许有心的朋友还记得，我在前一年出版了我在1988—1993的六年诗选《饿死诗人》（中国华侨出版社），又在这一年和诗人严力、马非一起推出了一本诗合集《一行乘三》（青海人民出版社），其中收有我在1993—1994年的作品。那些诗与之前相比写得小巧精致，语言被打磨得十分光滑，外在的完美充分暴露了一个内在的危机：我诗歌的空间与身体的扩张相比已经显得太小了，我清楚地意识到我必须有一个重新开始——也正在这时，我读到了布考斯基的英文原作，他诗歌中所携带的极度自由的空间感和来自平民生活底层的粗粝带给我很大的冲击和宝贵的启示。从这年开始，我在略作调整的向度上，又重新写"开"了，布考斯基的影响是明显的：我写《每天的菜市场》——这几乎是我从未有过的角度和发现；在《一年记住一张脸》中，我如实记录下了焚烧亡母遗体的殡葬厂炉前工；《回答母亲》中那种看似漫不经心但却句句致命的对话方式；在《失语的理由》中，我写到家中请来的哑巴漆匠，我和妻子与之构成的一个绝妙场景——我在1995—1998的四年诗选《我终于理解了你的拒绝》（青海人民出版社）记录下了布考斯基对我的全部影响，事实确系如此：是布氏的作品帮我开启了诗歌写作的第二阶段。这么说是不是有点大言不惭——我的第一阶段充满着金斯堡式的高亢、激越、紧张，是布考斯基使我冷静、下沉、放松。

与此同时，我也注意到布考斯基对我同辈以及后辈诗人的影响。我把后来的译作在网上发布后，这种影响变得立竿见影。显然，布氏的影响已达中国年轻一代的诗人，已达中国诗歌的生力军，这种影响目前正在升温，可以预料的是：随着他更多的诗被译成中文，这种影响将变得愈加广泛和深入。这种影响的发生与以往最大的不同在于：它不是在文化的压力（文学史上的显赫地位）和某种光环的笼罩（诺贝尔奖及其他）下获得的，诗人们喜欢他——一个酒鬼，一个糟老头——仅仅在于：他的诗实在太棒！

七

请问我：布考斯基给了你很多，而你给了他什么？

请让我回答：我给了他汉语之内最美妙的语感，使他经过对诗而言最致命的翻译之后，仍然是一位有声音的诗人，尽管这声音不完全属于他自己。具体的情况是：我给他安的这条汉语的舌头，对比他在英语中本来的舌头而言，甚至显得过于精巧了。我的、老G的诗歌趣味被加了进去——这实在是没有办法的事，绝对的"信"在翻译中是不可能的。所以，对那些已经涌现也必然会更多涌现的想要细数老头汗毛嗅嗅老头狐臭的"布迷"（他们一定是更为专业的诗人）来说，他们需要小心辨识。

好的诗译者必须为诗人的声音负责——这话说给国内的翻译界，恐怕也是没几个真能听得懂，由此可以见得我们自布考斯基开始的工作注定将构成一种挑战——但我们实在是无意于此，尤其是老G，她的初衷不过是想叫自己抱负不低的老公不至于眼界狭隘，感谢她多年以来一直以布考斯基的标准来看我的诗，不管我达得到达不到，但在终极趣味上还是尽早脱离了在国内的这个"坛子"上与人"打拼"。意义可以不管，但工作仍将继续，我一定要用自己的眼睛去继续认识异国的好汉，老G则抱定不想让自己的生活离诗太远……让我们好好看看——总之，在世界诗歌的"软"与"硬"之间，我们会当仁不让地选择"硬"，身在一个以柔克刚的文化体统中，我们会义不容辞地选择"刚"！

八

时间又过去了九年。九年前的那次出版机会最终还是因整个出版计划的搁浅而失去了，九年中又有一家出版社折腾了一回，但最终还是没有变成现实。九年中我把自己所有积压的作品全都出光了，布考斯基还是没有出来。我没有显得太过焦虑是因为主要心思还是在自己的创作上。

九年来，又多出了几种布氏译本，台湾出版了他的多本小说集，布考斯基在中文世界里已经大名鼎鼎，他已经成了泛文艺青年的偶像。去秋某夜，来自美国堪萨斯大学的退休教授杨钟华先生访问西安，就布考斯基这个话题与长安诗歌节诸位同仁做了一夜交流，让我们见识了在我和老G翻译之外的一组布氏晚年作品，那一夜我大受刺激，有一种已经多年没有过的被人打败的感觉，再次重燃起翻译布考斯基的热情，秋冬之间一口气又译出了一百首，并暗自决定将布考斯基的诗歌翻译进行到底。经过这第三轮的翻译，我更加深刻地认识到了这位诗人分量，现在在我眼中他是20世纪后半叶世界诗坛上最杰出的诗人，我们在十六年前遇到他，并率先将其拉入到中文世界来，是多么有价值的一件事，这个过程再辛苦都是值得的。

更值得欣慰的是：一切都还将进行下去。

2012

长诗《梦》（第一卷）自序

三年来，在日常性短诗的写作之外，我一直在写《梦》。

为什么会写《梦》？

这要上溯到2007年冬。当时，我在写完致沈浩波的小长诗《有朋到长安来》之后，感到口语诗的惯常写法已经用尽，已经起腻，已经生疑。自1999年盘峰论争中名为"民间写作"的口语诗人占得舆论的上风，2000年以来通过网络发扬光大再度跃居当代诗潮主流（1986年"两报大战"后曾占据过一次，终止于海子之死），经过七八年的过度使用和消费，已经渐露疲态和破绽（"梨花体"是一起最外化的标志事件）。我清醒地意识到必须有一次来自口语诗内部的变革，我也深知这个变革只能由我率先实施——因为，比我老的口语诗人（所谓"第三代"）都是非自觉的，他们相互抄袭流传在外的一句乖巧的"名言"便是最好的证明："我不是口语诗人，我是汉语诗人。"我同代的口语诗人（所谓"中间代"）因受制于在口语诗内部进入的深度有限，不可能发现这些弊端；更小的一代（所谓"70后"、"80后"）正大肆消费得忘乎所以。

是的，只能由我率先来做。

2007年末，我写了不分行的《网语真言》；2008年初，写了现代箴言体的《铀》，甚至写了半是润色半是创作的《赝品：疑似仓央嘉措情歌》——分别从网络和民歌取材来拓宽口语诗；2008年3月至2009年12月，我写了总共227首《无题》诗，最终结集为《无题诗集》（《赶路诗刊》印行）——这一部《无题》诗，明显针对的是口语诗所存在的指向过于明确已经相当意义化的弊端，同时我在语言上自觉地吸纳了意象诗的诸多长处，让流动的口语来承载鲜活的意象并令二者融为一体……这是我一人实施的口语诗变革的第一项集中成果，或许，这样的变革早就在不知不觉中开始了，因为有《唐》在先。

《无题诗集》写作后期，我已经在酝酿下一部，当时有两大灵感：其一是"对话体"：纯由对话构成诗篇，纠正口语诗对叙述的过度依赖；其二是"《梦》系列"：以写实的态度记录下自己做过的梦，针对口语诗对现实的过度依赖——结果，前者因得不到足够的具体的小灵感的支持而难以为继，写了五六首便作罢；后者则一发而不可收，一扇巨大的门被推开了，走进去是一个与全部现实世界等量齐观甚至有过之而无不及的梦幻世界……三年写下来，已经写了将近三百首。

这便是现在摆放在大家面前的这部《梦》（第一卷）。

既然标明"第一卷"，显然它还没有完；既然一发而不可收，我干吗强行收它？

很显然，这是一首绝对的"大诗"，因为梦是人类最高的诗意存在，是最内在最深处的抒情，人梦相合等于诗，抓住了我岂能轻易撒手？

事实上，我已经作了决定：将《梦》终生性写下去，一直写到我不再做梦或无法再写——如此终生写作的"大诗"在我另有《行》，我会一直将它写到我再也无法出行。

人到中年，诗途过半，需要有一次终生性的决断，需要有一次写作上的大行动，需要有一首真正的大诗，需要来一次一掷千金的豪赌——很明显，我赌的是《梦》。

三年来，我随写随发，这些《梦》全部都在网上发布过，其中相当一部分被选刊于纸媒，收获了不少激赏和赞许，也遭到了一些质疑与异议——尽管与以往相比，已经温柔了许多，但因为其中的一些出自欣赏我日常短诗写作的朋友，让我不能不认真对待，在此对以下几大疑问稍加说明：

其一，"这些《梦》是真的吗？"——对此疑问，我在诗中已做了形象化的说明。在此，我们反过来想一下：如果是假的，即虚构的，我的目的何在呢？我原本的目的就是想借助梦（潜意识）来对抗现实，克服写作中的思维惯性（意识）——我造假的话不是无功而返吗？

其二，"创作主体还在吗？"——没有人这么明确地提出来，我是从有些人满腹狐疑的闪烁其词中替他们总结出来的：既然灵感和构思全都交付给了写作原型——梦，那写作的主体——人干什么呢？我的回答是：写！写出这些梦！从事你的文学创作！主体从未缺席！如果将主体的存在理解为操控一切，那只能导致按图索骥的机械的僵化的写作；如果用做功量来衡量一首诗的好坏（有些人所谓"诗的难度"其实指的就是这个）——用苦劳来代替功劳，那是低级、庸俗而又愚蠢的。

其三，"这是在逃避现实吗？"——我知道，现实是口语诗人（当然还有新老现实主义诗人）的"神"——一旦成了"神"，便有大问题，这本来是常识：文学不该沦为表现现实的工具。但因为有段时期，另一类诗太脱离当下现实，现实的作用与地位便被口语诗人们在矫枉过正中夸大和抬高了。看看我的《梦》里有没有你们说的现实——那是毫无疑问的，只不过不再是机械地反映，而是拆解、重组，甚至颠覆。诗不是现实的奴隶。梦，既然是人做的，人又是现实的，那么《梦》又怎么可能脱离现实？

其四，"是否会沦为自闭的私人写作？"——我想不会的：这与梦有关——梦并非一间封闭的铁屋子，而是楼顶上月光朗照下的露台，有梦的夜晚，人仿佛睡在露天，梦如月光，包罗万象，普照大地！也与人有关：作为一个外向、扩张、侵略性的人，我朝内收一收，总是好的……

……

好了，我已经说得太多了！朋友们知道：我虽然话多，却是一个不大自我解说和自我辩护的诗人，甚至宁可对反对者采取恶语相加的简单粗暴的态度，如此解说与辩护或许可以帮读过《梦》的答疑解惑，但对初读者便是强加负担。

总之，《梦》（第一卷）只是一个开始，本书只是《梦》大厦的一块基石，我会一首一首写下去，一卷一卷出下去，但愿好梦多多，付出睡眠质量不高的代价我也在所不惜……无梦的人生，没有滋味；无《梦》之写作，飞不起来。

它将成为我此生的一部多乐章的狂想曲；它将成为我此生的一部最有深度的精神自传；它将成为现代诗发展到21世纪的强大表现力的佐证……在此宏大的目标之外，我还有一个小小的朴素的愿望：有朝一日，它会成为心理学家手中有价值的个案，他们会发现这些梦竟然如此逼真，值得研究……

2013

口语诗论语

在外国文学史上，似乎从未有过以"口语"来命名诗歌的先例，人家见惯不惊，诗歌的"口语化"是个渐变的过程（原本就不是极端的书面语）。我们则不同，完全是突变，是长久一成不变后的突然变化，一下子"白话"了，一下子"口语"了，既惊着了自己，也成为世人眼中一个强大的特征，不以此作为命名连自己都觉得不对。

"口语诗"自1980年代初出现，这个集体命名一直强大地存在着，不管你诗歌理论界认不认，大家在口头始终这么叫着，譬如在"盘峰论争"后，与自称为"知识分子写作"一方对立的另一方已经被舆论冠名为"民间写作"了，诗人们在私下里谈论此事件时还是更习惯于把他们称作"口语诗人"（反倒更符合实际）。所以说，"口语诗"之命名是高度本土化的，它只属于甫一诞生便书面过度的中文。

在"口语诗"三十来年的历史中，1980年代属于"发轫期"；1990年代属于"发展期"；新世纪属于"繁荣期"——是"两报大展"展示了它的"发轫"；是理论界的"后现代热"刺激了它的"发展"；是互联网的普及带来了它的"繁荣"。我们所说的"前口语"，指的是其"发轫期"；我们所说的"后口语"，指的是它的"发展期"和"繁荣期"，在诗学的构建上，前者是自发的，后者是自觉的。

君不见，在中国古典诗歌史上，所有繁盛期，都趋向于"口"，《诗经》如此，唐诗宋词皆如此；所有衰落期，都依赖于"典"其实是"书"。黄遵宪喊出"我手写我口"，是在长久衰落后的一声呐喊。

进入现代，胡适最早"尝试"了"白话诗"，郭沫若"涅槃"了"自由体"，都是在向"口"的方向上所做出的努力……尤其是真正的"口语诗"诞生的这三十多年来，各个阶段的前卫与先锋：从"第三代"到"后现代"，从"身体写作"到"下半身"，从"民间写作"到"诗江湖"，到目前如火如荼的《新诗典》，无一不是以"口语"为体，以"口语诗人"为生力军。

在过去三十余年间，口语是先锋诗歌的先决条件与必要因素，这既符合世界诗歌发展的潮流，在中文内部又有自我改造的必要性与紧迫性。事实上，正是抵达了以后现代主义为文化背景的"口语诗"，中国诗人才在长期落伍之后追赶上了世界诗歌发展的潮流。

在国际诗歌节上，老诗人朗诵的一般都是意象诗，中青年诗人朗诵的一般都是口语诗，女诗人朗诵的一般都是抒情诗……对这一幕，观众习以为常，见惯不惊，受惊的一定是某个少见多怪的中国诗人，他回国后对这一幕一定闭口不提，就当没看见或者压根儿就没听出来。

就像将近一百年前的白话文运动一样，口语诗也是一次深刻的革命，但它不会像前者那般得到教育部强制推行的有力支持，反而还会受到以传统为背景的主流文学话语的放逐以及无知大众的百般嘲弄，于是它先锋的姿态便被注定了，成为永恒的宿命。

不但要受到无知大众的嘲弄，口语诗人还要承受同行带有莫名其妙优越感的轻蔑：好像口语写作天生低人一等，是没文化的表现。在中国诗坛上，所有对于"写作无难度"的指责，百分之百都是冲着口语诗去的——这样的指责何其外行，我们就难度论难度：口语诗其实是最难的，抒情诗、意象诗说到底都有通用技巧甚至于公式，唯独口语诗没有，需要诗人靠感觉把握其成色与分寸，比方说，押韵是个死东西，而语感则是活的。

有什么好优越的呢？反过来看，非口语是何种语言？是没有发生现场的语言，是他人已经形成文字的语言——不抵达语言源头的写作，才真的是等而下之，从理论上便低人一等。

口语诗并不等于在语言层面的单一口语化——也就是说："口语化"并不等于"口语诗"。从诗人的角度来说，口语诗等于一种全新的诗歌思维：是一种摆脱公式的"有话要说"的原始思维——诗人的思维，将创造出诗歌的结构，如果说"前口语"还只是一些想说的话，那么"后口语"便有了更加明显的结构，通常是由一些事件的片段构成，所以，口语诗人写起诗来"事儿事儿的"，"很事儿逼"——在我看来这不是讽刺和调侃，而是说出其"事实的诗意"的最大特征。

你还可以继续从对口语诗的攻击之词中找到口语诗的成就，譬如"日记"——在此之前，中国现代诗连"日常"都未抵达，现如今已经现场到"日记"了；譬如"段子"——在此之前，中国人写诗一点幽默感都没有，现在已经有了极具中国特色的幽默；譬如"口水"——口语是舌尖上的母语，语言带有舌尖湿润的体温不是更具有生命的征候吗？

至于有人别有用心地用"口水诗"来指代"口语诗",更是一种无知透顶的蠢行,"口水"可不是口语诗的专利,抒情诗、意象诗甚至古体诗写"水"了,都是"口水诗",你们有豁免权吗?谁给的?

有人说"口语诗"门槛太低——此说不值一驳,他其实说的是口语门槛太低。

是口语诗最终解决了现实主义(实则"伪现实主义")诗歌从未解决的如何表现当下现实的问题,如果没有口语诗的发生与发展,中国大变革时代如此错综复杂的强大现实将在诗歌中无从表现,诗歌将在当代文学中失去发言权。

请注意:口语诗人只说"叙述"而不说"叙事",因为"叙述"是口语诗的天生丽质,"叙事"是抒情诗人在抒情诗走到穷途末路后的紧急输血。在一首口语诗中,"叙述"不是工具,它可以精彩自呈。

口语诗鲜明的"及物性"并不在于所叙之事,而在于它对叙述效果的讲究与追求,即它所表现的事物一定要有来自现实的可以触摸的质感,哪怕是在一首超现实的诗中。

有了口语诗,中国诗歌的当代性才落到体例,中国诗歌的现代性才得以真正的确立。

口语诗的语言是高像素的。

几乎所有人在提及"汉语"二字时，其旨趣都指向了古汉语，指向了故纸堆，其实口语才是不断生长的活汉语，口语诗是最有生命力的现代汉诗。

没有口语诗，中国现代诗谈不起"中国质感"，甚至不属于严肃文学而更像一些浅格言。

口语诗是天然的"本土诗歌"（我们努力追求的），意象诗更像通行的"世界诗歌"（假设它是存在的）。

有一个耐人寻味的现象：最憎恨口语诗的并非抒情诗人、意象诗人（如前所述：他们只是保持着一种莫名其妙的优越感罢了），而是"前口语"诗人，是口语诗自发阶段的诗人。为什么呢？

"前口语"诗人喜欢说：我不是口语诗人，而是汉语诗人——好大喜功的表面下深藏着他们的非自觉。

如今，口语诗已经带动了抒情诗、意象诗的口语化——但奇怪的是：很乐于"口语化"的人又来反对口语诗，再次证明了："口话化"不等于口语诗。

想从局部拿走口语诗的好（还想从整体上否定它），都会遭到可耻的失败，任何艺术形式最不接纳的是"中间派"，缪斯之神也一样。

多年来，我在面对文学的创作与研究中，对"自觉"与"自发"的一字之差异体会日深，后者不是前者的初级阶段，而是其对立面。

把口语诗投向文化是失败的，变成了口语化的知识分子写作，比知识分子写作更不伦不类。

用口语诗制造语言神话是失败的，说得再神乎其神也不过是在语言的单一层面。

在口语诗中大耍文艺范儿是失败的，任何范儿不过都是装腔作势。

把口语诗贴上脏乱差的标签，还没写就败掉了。

口语诗唯一正确的方向是人：从舌头到身体到生命到人性到心灵到灵魂。其他皆为旁门左道。

好的口语诗对作者是有要求的——要求作者首先要"活明白"，其次要"写明白"。

好的口语诗对诗人是有要求的：你得"懂事儿"，不能不谙世事，不懂人之常情；你得生命力旺盛，蔫头耷脑不行，还得"好玩"（至少内心里），你不能是个空有情怀的"赤子"（这种人适合抒情诗），也不能是个按图索骥制造僵死文本的书呆子。

从外表上看，口语诗人更像凡俗之人，在无知大众眼中不像诗人——大众眼中的诗人，要么像戏子，要么像疯子，全都是骗子。

口语像流水，词语像结石。

用"语感"来说口语诗太不口语了，请用"口气"。

有人担心口语诗会写成千人一面——这纯属不走脑子想当然耳，恰恰相反，即便是双胞胎，音质与口气也是不同的。

真实而自然，是口语诗的基本方向和最高境界。

炫技，在口语诗的写作中往往会被放大，显得特别扎眼，在口语诗中，可以肯定的是：炫技=败笔。

这也是一种可以将作者的杂念放大的写作，你任何不纯的杂念，都会留下脚印，这是一片白莽莽的雪原。

歧视、谩骂、攻击口语诗的人起初是因其无知、保守、落后，现在是出于害怕、心虚、嫉妒。

非口语，有言无语，有文无心。

不接受口语诗者，无法真正过现代诗这一关。

在口语诗写作中，三天打鱼两天晒网的薄产者很难写好，因其实践太少而把话说不溜，反复推敲不断打磨有可能适得其反。

要走官方路线就不选择口语诗——在中国，这是诗坛混子们最懂的常识，这真耐人寻味，这是诗内问题、诗学问题。

从口语诗人变成杂语诗人——往往是登堂入室的惯常诗路调整，就像唱摇滚的转而唱美声。

口语诗的趣味关乎人生、人性、人味。

口语诗似乎生来排斥文人趣味，格格不入。

在有的口语诗中，粗俗是一种可贵的美，有人永不懂得。

在口语诗中，聪明是一种美，老实也是一种美。

在阅读时读不出作者个人口气的口语诗，一定不是上乘之作。

在中国，写口语诗的女诗人为何寥寥无几？囿于观念，生命打不开。

言说的姿态也能体现口语诗的风采。

也许最理想的口语诗，是带有口音的方言诗，但必须是有效的方言，你的读者大多是操普通话的。

口语诗如果缺乏鲜活可靠的个人经验，就等于放弃了它的先进性。

在今天，一首好的口语诗，一定内含丰富的先进性。

也许，在口语诗人之外还有其他现代诗人，但有一点可以肯定：反对口语诗的人，一定是现代诗的敌人。

口语诗应当直面人生——自己的而不仅仅是他人或人类的。

口语诗人就是这样的：不耍小聪明，不靠想象力，貌似比较笨，但从生活中抓取来的具体、鲜活、充满细节的原材料，却能一击制敌。

切忌把口语诗坐实，过于追求"手拿把攥"的写作状态，反倒是有违口语诗之自由精神的。

口语诗人最可贵最高级的一点，他们写精神性的东西，绝不写成宣言或哲理，绝不空写，他们一定会触及到一些看得见摸得着的现象与事实，靠形象说话……由是观之，口语诗已经建立起了一套完整的诗学体系。

什么是好的口语诗？它会让你觉得在它所使用的口语之外，找不到其他语言。

在口语中携带意象，在外语诗歌中早不是问题，在中文现代诗中也越来越成为常态。

最优秀的口语诗人，一定是骨子里的平民主义者，满脑子精英意识是玩不转口语诗的。没有平民主义，就没有口语诗。

带有后现代文化背景的诗感极好的纯口语诗人——我视这样的诗人为来自我之谱系的亲人。

优秀的口语诗人，一般都是面对生活的"拿来主义"高手，他们比抒情诗人、意象诗人更懂得：生活比作者聪明；更懂得：客体与主体平等。所以说，口语诗哪里仅是口语化？学问多着呢。

有些人无法口语的根本原因是其诗尚未进城，在西方，口语诗是一种咖啡馆文化，这三十年来，一些优秀的中国口语诗人拓展了它，将其延伸到城乡接合部，甚至写到了农村，但立足点一定是在城里的。

口语化的抒情诗与抒情性的口语诗，是两种诗型，区别何在？前者之结构与传统抒情诗并无区别，只在语言层面变得口语化一点；而后者则完全是口语思维，只因为题材之故而在语言上取抒情的口吻。

口语诗必须回到个体，这就是为什么它是登高一呼的代言写作的天敌。

没有口语诗，我们在诗中所表现的所有情绪都是抽象的、雷同的。

什么是原创性？本土经验+中文口语=原创性！什么是中文口语？中

国人舌尖上带着体温的活性母语！

无知大众不屑于口语诗是一句话或几句话分了行，他们觉得诗不能是"人话"的说出而应是"雅词"的堆砌，骨子里是一种对传统文化的盲目崇拜，殊不知，就是这么分了行的一句或几句话，可是需要多少文化、智慧、生命活力、艺术直觉、语言敏感在里头，把这些汉字摆舒服了——多不容易！

几年前，一位并不欣赏口语诗的学院批评家听我讲完口语诗的一些道道，貌似理解了，有些激动地说："你们自己把它写下来呀，写成理论，不理解的人就好理解了。"——我当时暗想：那要你们这些批评家干吗？我们要这样的理解干吗？我偏不写！

现在，我终于还是写了，得《中国口语诗选》编选的契机，是仅此一篇呢，还是后有续篇？我也不知道，我不想说死。最后一句话是对口语诗人或坚定的追随者说的：读完本篇扔掉它，不要把它当作信条，世界上没有任何一种理论可以指导写作，中文口语诗更是如此。只是，当你在自己的写作实践中重新体会到这些经验时，你想起那个滔滔不绝的家伙不是胡说……那才是我希望看到的。

2014

图书在版编目（CIP）数据

一沙一世界：伊沙集 1988～2015 / 伊沙著. -- 北京：
作家出版社，2017.4

（标准诗丛）

ISBN 978-7-5063-9104-7

Ⅰ.①一… Ⅱ.①伊… Ⅲ.①诗集-中国-当代
Ⅳ.①I227

中国版本图书馆 CIP 数据核字（2016）第 195006 号

一沙一世界——伊沙集 1988～2015

作　　者：伊　沙

责任编辑：李宏伟

装帧设计：合和工作室

出版发行：作家出版社

社　　址：北京农展馆南里 10 号　　邮　　编：100125

电话传真：86-10-65930756（出版发行部）
　　　　　86-10-65004079（总编室）
　　　　　86-10-65015116（邮购部）

E-mail:zuojia@zuojia.net.cn

http://www.haozuojia.com（作家在线）

印　　刷：北京尚唐印刷包装有限公司

成品尺寸：130×210

字　　数：223 千

印　　张：12.875

版　　次：2017 年 4 月第 1 版

印　　次：2017 年 4 月第 1 次印刷

ISBN 978-7-5063-9104-7

定　　价：48.00 元

标准诗丛

第一辑

我述说你所见：于坚集 1982~2012

塔可夫斯基的树：王家新集 1990~2013

诺言：多多集 1972~2012

我和我：西川集 1985~2012

如此博学的饥饿：欧阳江河集 1983~2012

第二辑

周年之雪：杨炼集 1982~2014

你见过大海：韩东集 1982~2014

山水课：雷平阳集 1996~2014

潜水艇的悲伤：翟永明集 1983~2014

骑手和豆浆：臧棣集 1991~2014

第三辑

害 怕：王小妮集 1988~2015

重量：芒克集 1971~2010

一个人大摆宴席：汤养宗集 1984~2015

一沙一世界：伊沙集 1988~2015

酒中的窗户：李亚伟集 1984~2015